KB098186

결을 품다

결을 품다

1판 1쇄 발행 | 2017년 09월 20일
1판 2쇄 발행 | 2017년 10월 20일
1판 3쇄 발행 | 2019년 11월 05일

지은이 | 이은희
발행인 | 이선우
펴낸곳 | 도서출판 선우미디어
　　　　등록 | 1997. 8. 7 제305-2014-000020
　　　　02643 서울시 동대문구 장한로12길 40, 101동 203호
　　　　☎ 2272-3351, 3352 팩스: 2272-5540
　　　　sunwoome@hanmail.net

값 13,000원

이 도서의 국립중앙도서관 출판예정도서목록(CIP)은 서지정보유통지원시스템
홈페이지(http://seoji.nl.go.kr)와 국가자료공동목록시스템(http://www.nl.go.kr/kolisnet)에서
이용하실 수 있습니다.(CIP제어번호: CIP2017023732)

ISBN 978-89-5658-536-8 03810
ISBN 978-89-5658-537-5 05810(PDF)

결을 품다

이은희 테마 포토에세이

선우미디어

지구 여행자, 결을 품다

문학을 통하여 새로운 나를 발견한다. 내 안에 다른 내가 존재하는가. 말주변도 변변치 않은 사람이 이토록 많은 말을 할 수 있으랴. 무수한 생각과 이야기를 가슴에 품고 살았다는 것에 스스로 놀란다. 하지만, 여전히 삶의 비중 있는 어떤 부분은 글로 물화하지 못하고 공중부양하고 있다.

우리는 지구 여행자이다. 지구에 발을 딛고 여행자로 머물다가 언젠가는 이곳을 홀연히 떠나가리라. 생각의 가치에 따라 인생은 길고도 짧다. '여행이란 인생을 용감하게 살아내는 일이다'란 잔홍즈의 말처럼 용감하게 살아내지 않으면 삶의 밑바닥에 주저앉기에 십상이다. 밥 벌어먹는 일에 목숨 걸다가 생을 마칠지도 모른다는 생각에 다다르면, 용감해질 수밖에 없는 일상이다. 하루 12시간 이상 직장에 머물고, 일을 마친 후 틈나는 시간마다 사유하고 글을 쓴다. 이런 작업은 내가 바로 살아있음의 증거이리라.

≪결을 품다≫는 삶의 결을 찾아 떠난 여행에서 얻은 사유의 결과물이다. 사람마다 성격이 다르듯 물상에도 독특한 결이 존재한다. 그 결은 어떤 환경 요인에 따라 곱거나 거칠게도 변하리라. 하지만, 자연의 순리를 따르는 결은 남다르다. 사람의 마음결도 마찬가지라 본다. 일상에서 마음결을 지켜내느라 매번 갈등은 지속하리라. 자신의 결을 가꾸는 건 자신이기에, 거친 숨결을 고르고자 일상을 떠나기도 한다.

길 위에서 만난 많은 여행자와 무량한 숨탄것들, 그것이 생물이든 무생물이든 내 안에 결로 품는다. 한 사람의 아낌없는 몸짓의 혜사惠賜와 감성 충전의 마당에서 나눈 전설의 꽃방 이야기와 도심 24층 아파트 하늘정원의 놀라운 생명력인 '꽃 결', 일상의 굴레를 벗어난 여행자의 시선을 담은 '사색의 결', 전통문화에서 현재의 삶을 바라본 '전통의 결'과 자칭 도시의 지킴이 파수꾼의 일상을 담은 '삶의 결'을, 전쟁과 테러가 벌어지는 지구촌의 평화를 기원하며, '바람[望] 결'을 짓는다.

내 나이 서른여덟에 생生의 과거를 돌아볼 기회를 잡았다. 자신의 얼굴에 책임질 즈음 작가의 길로 들었으니 얼마나 감사한 일인가. 2004년 등단 이후 여섯 번째 수필집을 엮으며 여러 생각이 밀물처럼 밀려든다. 동서커피문학상 대상에 걸맞도록 좋은 글을 쓰고자 무던히 정진하였고, "열심히 생활하는 그 자체가 수필이다."란 모토로 긍정의 삶의 길을 걷고 있다.

삶의 반경에 든 물상이 새롭게 태어나 기쁘다. 괴테는 신이 우리 영혼에 심어준 아름다운 감각을 지워버리지 않도록 매일 조금씩이라도 고운 음악과 좋은 시, 훌륭한 그림을 감상해야 한단다. 감히 말한다. 바쁜 도시의 삶에 지친 우리의 영혼을 다시금 반짝이게 해 줄 대상은 당신 곁에 널려 있다. 이 책의 어떤 결은 시詩처럼 읊조리거나 음악처럼 춤을 추게 하리라. 지구 여행자로 함께 나누며 인생길을 걸어가길 기대한다. 가슴을 뛰게 한 물상의 결을 책으로 엮자니 성글지 못한 부분이 눈에 밟힌다. 이 또한 삶의 진실한 모습이라 위안하며, 수필광이 가슴에 품은 '결'을 당신과 공유하고 싶다.

2017년 하늘정원에서

이은희

책을 내며

제1부 꽃결

제 1부

꽃결

가슴 뛰는 일

삶이 윤택해지려면,
매일 가슴 뛰는 일을 하란다.
오늘 내 가슴을 심히 뛰게 한 건
한 송이 나팔꽃이다.
흙 한 줌 없는 24층 하늘정원
자갈밭에 꽃씨를 심은 적 없는데
새싹이 돋아 신기하다.
목을 길게 줄기를 늘이더니
빛깔 고운 꽃을 피운 것이다.
　　　　인간도 힘겨운 불볕더위를 견디고
　　　　나팔꽃을 피우니 더없는 감동이다.
　　　　소사나무에 물을 줄 때마다
　　　　자갈밭 꽃에도 물을 준다.
　　　　줄기에 꽃봉오리가 여럿이니 앞으로
　　　　꽃을 더 볼 수 있으리라.
　　　　강인한 생명력에 치하를 어찌하랴.
　　　　꽃잎이 으스러질까 보듬을 수도 없고
　　　　그저 꽃에 "너, 참 귀하고 장하다."라고
　　　　혼잣말을 더 한다.

꽃잎별곡

바람도 쉬어가는 날 선암사로 향한다. 활짝 핀 꽃을 보고자 찾은 고찰에서 난분분한 낙화의 모습에 넋을 놓는다. 꽃잎이 바닥에 분분함과 꽃이 진 자리가 눈물이 나도록 아름다운 줄 미처 몰랐다. 고색창연한 솟을대문 기와지붕 위로 꽃잎이 하염없이 스러져 기왓고랑을 붉게 메운다. 높고 높은 곳, 꽃의 무덤이 지붕인가. 꽃잎이 묻힐 자리가 어디 그곳 한 곳이랴. 계절이 바뀌는 시기니 세상천지가 꽃 무덤이다.

바닥을 덮은 꽃잎을 차마 밟지 못하고 주춤거린다. 꽃의 짧은 생애가 전해지는 듯 온몸에 전율이 감돈다. 꽃은 마치 죽음으로 항변을 하는 듯하다. 그렇지 않고서야 대지를 붉게 물들일 수 있으랴. 우아한 자태를 뽐내던 목련꽃이 질 때도 거뭇거뭇 자취를 남기지 않던가. 선암사 곁 벚꽃은 다르다. 꽃잎이 하롱하롱 지는 모습에 덩달아 흔들리지 않고는 못 배기리라. 돌담 사이로

난 흙길을 꽃잎으로 붉게 뒤덮고, 그것도 모자라 나그네의 가슴
도 붉게 물들인다.

돌연 이형기 시인의 "가야 할 때가 언제인가를/ 분명히 알고
가는 이의/ 뒷모습은 얼마나 아름다운가"라는 시詩가 떠오른다.
존재의 허무를 드러낸 꽃의 주검에 가슴이 먹먹하다. 지상을
덮은 꽃잎이 서럽게 다가오고, 눈물이 나도록 애잔하다. 삶과
죽음, 자연의 순환 고리라고 여기기엔 아쉬움이 남는다. 짧은
생애를 알고 온몸을 불사르다 스러진 꽃의 절명, 꽃의 비애다.
피를 토하듯 지상을 붉게 물들인 생의 역력한 흔적을 나그네는
목을 길게 내밀고 애수에 잠긴다.

영원불멸한 것은 없다. 인간도 꽃의 생애와 다르지 않으리라.
진시황제는 불로장생에 대한 열망에 집착하여 불사의 약을 구
하라고 명한다. 산둥성에 머무는 서복이란 자가 그것을 교묘히
이용한다. 서복은 수십 척의 배와 수천 명을 동원하여 불로초를
구하러 떠났으나 돌아오지 않는다. 결국, 진시황은 돌아오지 않
는 배를 학수고대하다가 오십 세에 생을 마감한다. 그야말로
부질없는 열망이 낳은 전설이다.

한 치 앞도 모르는 것이 인간의 삶이지 않던가. 불의의 사고로, 불치의 병으로 죽음을 맞이하는 사람들도 허다하다. 또 남의 탓을 좋아하는 사람들은 세상이 나를 가만두지 않는다고, 갖은 욕망을 부추긴다고 위무하며 세월을 헛되이 보낸다. 애써 지키고자 했던 것들의 부질없음을 경험하고 후회한 사람이 어디 한두 명이랴.

세상에 불로초는 따로 없다. 선암사 꽃길을 걸으며 불로초는 인간이 아닐까 하는 생각에 이른다. 내 곁에서 꽃이 진 자리를 애잔한 눈빛으로 바라보며 가슴이 울렁인다고 말하는 벗이다. 아니 '봄 한철 격정의 인내'를 겪고 하르르 스러지는 봄꽃이 눈물이 나도록 아름답다고 읊는 시인이다. 꽃과 나무처럼 순리대로 소박한 삶을 살아가는 사람들이 불로초다. 바닥에 떨어진 꽃잎을 밟지 못하고 서성이는 심성을 가진 이와 오순도순 살아가니 무에 부족하랴. 그리 살아가면 한세상 잘 살았다고 말할 수 있으리라.

우주 만물은 나그네의 심상과는 무관하게 같은 자리를 돌고 돈다. 지금 벗나무는 꽃이 진 자리에 신록을 만드느라 분주하고, 산길에 누운 꽃잎은 말을 머금고 묵언 수행 중이다.

– 『에세이문학』 2017년 봄호 '봄 에세이'

전설이 될 꽃방

기다리던 꽃 사진이다. 메마른 가슴에 생기가 돌고 감성지수가 오른다. 꽃은 성별과 신분 구분 없이, 매일 같은 시간에 조건 없이 핸드폰에 전송된다. 받는 사람의 감성에 따라 반응도 다르다. 꽃을 보고 감동하며 바로 응답하는 사람이 있는가 하면, '꽃나부랭이' 같은 거 보내지 말라고 항의를 서슴지 않는 사람도 있단다. 반응이 없는 사람은 그나마 다행인가. 그들의 반응이 어쨌든 어른 왕자는 아랑곳하지 않고 꽃을 선사하고 있다.

오늘 배달된 꽃은 꽃 중에 왕인 모란이다. 모란 향이 코끝에 닿아 황홀 지경이다. 화려하기 그지없고 빛깔 또한 누가 봐도 반할 정도다. 꽃방에는 꽃과 함께 꽃말과 생태, 품종과 재배 등이 오르고, 꽃에 관련 신화나 전설, 노래도 오른다. 모란의 이력을 보는 듯하다. 어디 그뿐이랴. 모란꽃은 문학사에 한 획을 긋

는다. 사물을 의인화하여 쓴 소설(가전체)의 효시인 설총의〈화
왕계〉이다. 인류의 문화사에 꽃이 어떤 영감을 주었고 어떻게
활용됐는지를 알게 된다.

꽃방에 배달된 꽃들은 거저 생긴 것이 아닌 각고의 노력을
기울인 열정의 산물이다. 계절에 맞춰 파종하여 양분을 주고
손수 가꿔 얻은 결실이다. 꽃대가 오르고 꽃봉오리 꽃잎이 한
장 두 장 피어오르면, 그 찰나를 포착하느라 수백 장의 카메라
셔터를 눌렀으리라. 그중에 괜찮은 사진을 고르는 일 또한 만만
치 않은 작업이다. 꽃에 관한 지극한 관심과 사랑이 없으면, 결
코 감내할 수 없는 과정이다. 이렇듯 수백 일 온 힘을 기울여
가꾼 꽃이 전달되는 것을 꽃방 사람들은 알랴.

꽃방은 감성 충전의 마당이다. 생소한 꽃 이름을 접하며 서로
의 느낌과 정보를 공유하는 소통의 장이다. 어른 왕자를 안다는
것만으로 선택받은 사람이다. 꽃방에 들지 않았을 때 나를 돌아
본다. 대부분 생업에 종종대느라 쉴 틈이 없었고, 주말이 아니
면 꽃과 나무를 바라볼 여유가 없었다. 꽃방은 다양한 꽃을 누
리며 삶의 여유를 갖는 나만의 숨 고르기 공간이 된 것이다.
일상에서의 불평과 불만, 왜곡된 시선은 꽃의 서정으로 순화된

다.

한 사람의 아낌없는 몸짓의 혜사惠賜로 세상은 맑고 향기롭다. 꽃방의 꽃들은 지인의 감성을 타고 일파만파로 퍼져나간다. 무수한 꽃을 수백 수만 명에 나누며 어떤 욕심도 이해타산도 하나 없다. 꽃방처럼 무욕의 숭고한 장이 어디에 또 존재하랴. 꽃방 사람들은 어른왕자님 덕분에 늘 가슴에 향기로운 꽃을 안고 살아간다. 이만하면 전설이 될 꽃방이 아닌가.

꽃은 아무에게나 선물하지 않는다. 예로부터 어떤 행사나 의미를 담고자 일부러 준비한다. 그리 보면 우리는 아무나가 아니다. 꽃과 함께하는 사람들은 어떤 식으로든 나와 일면식이 있다. 꽃에 대한 예의를 지키자. 꽃방의 꽃들이 어디서 어떻게 어떤 시간을 거쳐 나에게 왔는지 떠올려야만 한다. 잠시라도 숨은 노력과 베풂을 느낀다면, 적어도 삶의 불평불만은 사라지리라. 꽃방에서 망중한을 즐기며 꽃방지기가 되길 원한다. 우리는 지금 세상에서 가장 아름다운 인정의 꽃을 피우는 중이다.

– 충청타임즈, '생의 한가운데' 2016년 5월 25일
계간 〈에세이포레〉 2016년 가을호

헛꽃

중년 남자가 꽃대궁을 사정없이 꺾고 있다. 그의 발밑에는 주먹만 한 꽃대가 너저분하다. 난 그의 손을 저지할 양 꽃대를 왜 꺾느냐고 묻는다. 그는 말없이 줄기에 돋아난 빨갛게 물오른 촉을 손으로 가리키며 "일손이 없다"며 딴말을 한다. 말없이 지켜보고 있으니 그가 말을 잇는다. 새싹을 위하여 마른 꽃대를 꺾는 중이란다. 감상에 빠진 나와는 다르게 그는 미래의 수국을 위하여 애쓰고 있다.

절기상 화려한 수국을 기대한 것은 아니다. 그저 바람에 서걱거리는 억새처럼 마른 수국이라도 보고자 태종대에 올랐다. 아직은 바람이 차다. 찬바람은 기어코 내 얼굴에 붉은 반점을 만든다. 나는 알레르기도 마다치 않고 부산에 온 길에 수국으로 유명한 사찰을 보고 싶다고 우긴 것이다. 그런데 마른 꽃대마저 꺾여 바닥에 나뒹구는 수국의 잔해라니… 참으로 황량하기 그지없는 풍경이다.

사찰 내 구석구석 마른 수국이 지천이다. 인기척은 없고 마른 수국이 바스락대는 소리와 스님의 청아한 독경 소리가 울려 퍼진다. 꽃대를 흔드는 바람도 지쳐 보인다. 겨우내 바삭하게 마른 자잘한 꽃잎을 품은 꽃대들. 그 꽃대를 부수지도 꺾지도 못한 바람이다. 결국, 수국은 사람의 손에 꺾어지고, 바람 때문인지 머리를 산발한 듯 주위가 너저분하다.

경내를 거닐다 눈을 감고 상상에 든다. 수천 개의 꽃봉오리가 핀 여름날 황홀했던 그 순간을. 그 화려함이 수많은 인파를 부르고, 발 없는 말은 육지에 머무는 나에게까지 반가운 소식을 전해주었을 정도다. 지인의 블로그에 분홍 빛깔과 청보라 빛깔로 피어오른 수국꽃 무더기. 꽃을 거듭 바라보며 감탄하였고, 그곳으로 달려가는 꿈을 얼마나 꾸었던가.

수국 축제가 벌어지는 태종사가 있기까지는 수국을 사랑한 도성 큰스님이 존재한다. 스님은 명승지나 산사를 순례하며 수국을 가져다 심었단다. 수국은 꽃에서 이슬을 받아 공헌했다고

하여 감로수 꽃이라 일컫는다. 주먹만 한 꽃들이 무량하게 피어 사찰은 황홀하다 못해 몽환적인 분위기다.

꽃잎은 빛과 토질에 따라 흰색과 분홍색, 보라색 등 카멜레온처럼 색깔이 변한다. 더 신기한 것은 한 꽃대에 열매를 맺는 깨알같이 작은 진짜 꽃(양성화)과 둘레 가장자리에 큼지막하게 핀 헛꽃(중성화), 꽃잎이 두 가지다. 꽃이 피기 시작하여 겨우내 마른 꽃으로 존재하는 것이 헛꽃. 우리의 감성과 시선을 마지막까지 사로잡은 꽃이 바로 가짜 꽃이다.

내가 보기엔 헛꽃은 가짜 꽃이 아니다. 열매를 맺지 못하는 것이 무슨 대수이랴. 어찌 보면, 그의 존재가 있었기에 진짜 꽃이 실한 열매를 맺을 수 있었던 것이다. 성난 비바람에도 끝내 흐트러지지 않고 끝끝내 꽃대를 세우는 헛꽃의 존재를 보아야 한다. 헛꽃의 생애를 제대로 보아야 수국을 안다고 말할 수 있다. 인간도 마찬가지이리라. 자신의 존재를 드러내지 않고 많은 사람에게 도움을 주는 이가 있다. 돌아가신 부모님의 삶이 그러했고, 이 순간에도 누군가를 위하여 발원하는 스님의 독경 소리가 그것이다.

수국은 중생의 삶을 간과할 수 없어 스러지지도 못하고 서걱거리나 보다. 머지않아 인간의 손에 꺾여 누군가의 거름이 되거나 불쏘시개로 열반에 들리라. 마른 꽃대는 화사한 모습은 잃었지만, 봄 햇살 덕분인가. 마른 꽃잎에 붉은 기운이 감돈다.

-계간 『에세이포레』 2015년 여름호

더덕꽃, 울리다

드디어 울렸다. 온 집안에 맑은 종소리가 울려 퍼진다. 얼마나 고대하던 종소리인가. 이 울림은 바람을 타고 멀리 사는 그대에게도 닿으리라. 소리의 진원지는 하늘 가까이 솟은 초고층 아파트 테라스. 그곳에 식물이 자랄 수 있느냐고 고개를 갸우뚱하던 그대의 얼굴이 떠오른다. 보란 듯 꽃을 피운 나의 두 어깨에 힘이 들어가고, 얼굴엔 회심의 미소가 번진다. 지금 바로 그대에게 인증사진을 전송하련다.

성덕대왕신종의 울림이 이만하랴. 신기의 울림을 듣고자 조석으로 공을 들인 것이 몇 날 며칠인가. 연일 내리 쬐는 불볕더위에 잎끝이 마르고 바람에 찢긴 상처도 여기저기다. 꽃은 사는 곳이 '바람골'이라 온몸이 강바람에 갈기갈기 찢어질까 벽에 착 달라붙어 긴장을 늦출 수가 없었으리라. 갖은 생채기와 고통을

꽃의 생성을 줄곧 지켜보며 나의 상상력은 오로지 종소리에 닿아 있다. "우리는 마음으로 보아야만 잘 볼 수 있다. 본질적인 것은 눈에만 보이지 않는다."라고 어린왕자는 말하지 않았던가. 덩굴줄기가 뻗어 올라 꽃이 피어나길, 종의 울림을 고대한 것이다.

이겨낸 대가이다. 아니 그와 내가 한마음으로 일궈낸 믿음의
꽃이다.

종소리의 장본인은 더덕꽃이다. 겉모습이 단아하기 그지없
다. 바람이 슬쩍 스치기만 해도 맑은 소리가 울릴 듯하다. 큰
수술 하나에 작은 수술 다섯 개가 돌려나 있다. 겉모습은 연둣
빛 종 모양에 속살은 자줏빛 점박이로, 끄트머리는 다섯 갈래로
약간 말아 올라간 듯 프릴 달린 자갈색 치마를 입은 듯하다.
지인은 꽃부리 끝 자갈색 빛깔이 고운 한복 저고리의 소매 끝동
같단다. 다른 이는 겉과 속이 다른 꽃이라고도 표현한다.

더덕꽃을 톺아보면 참으로 오묘하다. 작은 꽃부리의 겉모양
은 단순하나 꽃잎 무늬와 색감이 독특하다. 고 작은 꽃에 독특
한 마력이 있다. 단순하다 못해 수수하고, 화려한 것 같으면서
애잔하다. 어찌 보면, 꽃잎 중심의 심지(수술)에선 흔들리지 않
는 뚝심도 보인다. 강바람에 끄떡 않고 잘 버텨준 꽃이 대견하
다.

덩굴줄기를 보고 그의 이름을 맞히는 이가 없다. 모두 시장
좌판이나 밥상에 오른 더덕 뿌리만을 탐하니 꽃을 알 리가 없
다. 꽃 이름을 알려주자 입맛을 다시며 조만간에 더덕구이를

먹게 생겼다며 흥얼거린다. 하지만 나는 더덕 뿌리엔 전혀 관심이 없다. 종 모양의 더덕꽃을 보고자 애정을 쏟은 것이다. 사람을 끄는 이상한 힘을 가진 야생의 더덕꽃에 매료된 탓일까. 꽃모양에서 생뚱맞게 산사에 풍경소리를 떠올린 것이다.

꽃의 생성을 줄곧 지켜보며 나의 상상력은 오로지 종소리에 닿아 있다. "우리는 마음으로 보아야만 잘 볼 수 있다. 본질적인 것은 눈에만 보이지 않는다."라고 어린왕자는 말하지 않았던가. 덩굴줄기에 어서 꽃이 피어나길, 종의 울림을 고대한 것이다. 그러다 문득 꽃의 전생이 만인의 심금을 울리는 거대한 종이었는지도 모른다는 생각에 다다른다.

더덕을 애지중지 가꾸며 마음에 종소리를 키운 것이다. 드디어 자연이 수놓은 덩굴줄기에 종 모양 꽃들이 대롱대롱 매달려 흔들린다. 집안에 청아한 울림이 가득 퍼지리라. 그 울림으로 온갖 고통과 시름을 지우고, 덧없는 일상에 잠자던 감각과 의식을 일깨운다. 삶에 긍정의 꽃으로 향기로운 기운을 불어넣은 더덕꽃. 이제 고대하던 꽃이 피었으니 여러 날 은은한 종소리에 파묻혀 살리라.

– 『에세이포레』 2015년 겨울호

잠 못 이룬 밤에

노을빛 손톱이 탄생하였다. 손톱에 봉숭아 꽃물들임은 그리움의 산물이다. 저문 해가 산허리로 넘어갈 즈음 서편 하늘은 주홍빛으로 곱게 물든다. 산 그림자 누운 강물도 물들고 강물을 바라보는 내 얼굴도 점점 붉어진다. 두 눈에 노을이 넓게 퍼지면, 눈물이 그렁그렁해진다. 눈앞에 지나간 추억이 어룽거리고 세상을 등진 그리운 얼굴들이 떠올라서다. 특히 울 밑에 핀 봉숭아 꽃잎을 조심스레 따던 당신의 모습이 눈에 선하게 그려진다. 손톱 위에 가만가만히 꽃물을 들이던 친정어머니의 따스한 손길이 몹시 그립다.

꽃물들이기는 정성의 산물이다. 봉숭아꽃은 요즘 마당이나 화분에 일부러 심지 않으면 보기 어려운 꽃이다. 활짝 핀 붉은 꽃과 짙푸른 잎을 따 그늘에 약간 말린다. 숨죽은 것들을 절구에 자잘하게 찧어 냉동실에 얼린다. 나는 번거로운 과정을 뛰어넘고 얄밉게 얼린 놈을 거저 얻은 것이다. 얼마 전 꽃물을 곱게 들인 여동생의 그림 같은 손톱이 부러워 부탁하였다.

곱게 빻은 봉숭아꽃을 탁자에 놓고 앉아 심호흡을 정갈히 한다. 손이 필요한 집안일을 모두 마친 후에 할 수 있는 작업이다. 꽃물을 들이는 작업은 혼자서 할 수 있는 일이 아니다. 남편에게 도움을 청했더니 한 손가락에 꽃물을 올리는데, 손톱 주변에 꽃물을 묻히며 서툴다. 할 수 없이 서울로 떠나는 딸을 붙들어 앉혀 열 손가락을 내민다. 역시 꽃물은 섬세한 손길을 원한다. 숨을 죽이고 젓가락으로 손톱 위에 꽃잎이 넘치지 않도록 자분자분 얹는다. 꽃물이 피부로 흐르지 않도록 조심해야만 한다. 그렇지 않으면 여기저기 지워지지 않는 꽃물을 감당해야 한다.

꽃물 든 고운 손톱은 잠을 못 이룬 대가이다. 두 손을 밤새 자유자재로 움직이지 못하고, 두 손을 잠자는 아기처럼 배꼽 위에 얌전히 올리고 잠을 청해야 한다. 모든 걸 포기하고 잠을 깊이 잔다면, 다음날 이불 홑청과 잠옷에 얼룩덜룩한 꽃물을 발견하고 말리라. 심하면 손톱 위에 올린 봉숭아 꽃물이 여기저기

피부에 흘러 핏빛 손가락을 보리라. 그러니 인내의 산물이다.

동생의 빛깔 고운 손톱도 그냥 얻어진 것이 아니다. 잠 못 이룬 밤을 지내고야 얻어진 것이다. 꽃물들인 손톱은 시간의 흐름에 따라 그 빛깔이 엷어진다. 해와 달과 별의 기운을 고스란히 받고 자란 봉숭아꽃. 할머니와 어머니의 손톱을 곱디곱게 물들였던 봉숭아꽃물. 시간을 초월하여 21세기 도시 여인은 자연의 기운과 옛 여인의 숨결을 이어 재현한 것이다. 하나하나의 과정에 정성이 실린다. 그러니 고운 빛깔의 자연 색을 인공의 미가 어찌 따를 수 있으랴.

어떤 것도 고통 없이 이루어지는 것은 없나 보다. 손톱 위에 꽃물들이기는 예스러운 멋(그리움)을 즐기는 일이다. 대상을 다루는 손길에 정성이 깃들어야 하며, 꽃물이 들 때까지 참고 기다리는 인내가 필요하다. 고운 빛깔의 꽃물을 들이고 싶은 욕망에 따른 고통은 내가 좌초한 일. 하룻밤 잠 못 이룬 결과이니 큰 성과가 아닌가. 손톱 끝에 꽃물 든 반달로 떠오르면 더욱 아름답다. 시간이 흐르면 달도 기우는 법, 눈썹달을 기다리며 노을빛 손톱을 원 없이 감상하리라.

-한국문인협회 〈계절문학〉 2015년 봄호
〈선수필〉 2015년 가을호 재수록

파꽃처럼

산색이 참 좋은 시절이다. 사소한 일에 종종거리다 꽃 피는 봄날은 지나가고, 잎이 무성한 계절에 구병리로 찾아든다. 충북의 알프스라 불리는 아름마을은 첩첩산중 조용한 촌락. 산허리에 햇빛이 비스듬히 떨어지니 한쪽은 연둣빛 산색이 돌고 다른 쪽은 그림자가 드리워져 짙푸른 녹음이다. 오래도록 바라보아도 정녕 물리지 않는 명품 산수화다.

산밑에 숙소를 정하고 앞마당을 하릴없이 거닌다. 소소한 꽃들이 많은 걸 보니 집주인이 다정다감한 분인가 보다. 마당에 드러누운 진분홍빛 꽃잔디와 돌담 아래 핀 매발톱, 금낭화 등속 꽃들을 살피려면 잔손이 많이 가리라. 꽃들을 바라보다 꽃밭에 어울리지 않는 파꽃을 발견한다.

작은 햇불처럼 피어오른 파꽃이 인상적이다. 꽃대가 꼿꼿이 하늘 향하여 길고, 꽃봉오리는 엄지와 검지 끝을 동그랗게 모았을 때 크기 정도다. 갓 피어난 봉오리는 속내를 보이지 않으려고 얇디얇은 천으로 감싼 듯 신비한 기운마저 감돈다. 바로 곁에는 여러 갈래로 갈라져 노란 수술들이 너도나도 보란 듯 얼굴을 내민다. 그 모습은 마치 성스러운 성화같기도 하고, 불단을 밝히던 촛불의 모습과도 닮아 있다.

파꽃의 생애를 톺아본다. 무한 화서無限花序의 하나인 꽃. 꽃들은 대부분 꽃이 지고야 잎이 돋는다. 정작 파꽃에는 잎이 없다. 굳이 잎을 찾으라면 비슷한 색감의 꽃대를 손짓하리라. 줄기같기도 한 대궁을 잎이라 부를 순 없다. 꽃대 끝에 피어난 무수한 꽃술은 속으로 매운 내를 지닌다. 남들은 향기로운 냄새로 벌과 나비를 부르는데, 매운 냄새를 뻗치니 그의 곁을 누가 지키랴.

마당 한 귀퉁이에서 파꽃은 무심히 피어난다. 주인이 열매를 갖고자 하는 의지의 표현이리라. 화려한 색감도, 그 흔한 잎도 돋지 않으니 무엇으로 시선을 사로잡겠는가. 어느 시인은 파꽃이 튼실할수록 둥글수록 속을 잘 비워낸 것이라고 읊는다. 자신의 속을 비워 꽃을 피워내나 보다. 속이 텅 빈 연한 줄기로 무거

파꽃의 생애를 톺아본다

무한 화서(無限花序)의 하나인 꽃

꽃들은 대부분 꽃이 지고야 잎이 돋는다

정작 파꽃에는 잎이 없다

운 씨앗 주머니를 이고 있으니, 이 또한 사랑의 힘이 아니겠는
가.

어찌 보면 무채색의 파꽃은 이곳 촌부의 생애와 닮은 것 같
다. 젊은이들은 도시로 떠나고, 나이 드신 어르신들만 남아 마
을을 묵묵히 지킨다. 좋은 소식이든 나쁜 소식이든 소식과는
담을 쌓은 듯 살아간다. 해가 나면 밭일을 하러 나가고 해가
지면 집으로 돌아온다. 당신들이 경작한 곡식과 나물로 생을
이어가는 정직한 일상이다. 정녕 법 없이도 살아갈 사람들이다.
파꽃의 속내와 비슷하지 않은가.

다음날 주인은 산에서 뜯은 취나물을 한 아름 안긴다. 어디에
서 이런 인정을 만나겠는가. 대파의 진한 향기처럼 사람의 깊은
향기를 느끼는 순간이다. 요즘같이 어지러운 세상에 수수하게
피어난 파꽃처럼 살아도 좋겠다는 생각을 해본다. 자신의 땅을
손수 일궈 살아가는 삶의 지도, 그 지도엔 욕심이 없어 채도가
높고 투명하여 어둔 그림자도 없을 것 같다. 산나물로 반찬을
삼는 소박한 삶에는, 도시의 삶에서 느끼는 미래의 두려움도
없으리라.

마음의 중심이 흔들리지 않는 꽃. 자신의 업인 양 소리 없이 피어나는 파꽃. 헛것에 휘둘리지 않고 사는 것도 용기라고 말하는 듯싶다. 요즘은 언제 어디서나 스마트폰 하나로 빠르게 해결된다. 업무시간과 업무 외 시간할 것 없이 사무실이 되는 세상이다. 일과 완전히 분리되어 살아가기 어려운 것이 우리의 모습이다.

도시인에게 필요한 머리 쉼이다. 나는 할 일 없이 파밭에 앉아 파꽃을 스쳐 온 바람을 향유한다. 눈을 감고 바람에 몸을 맡기니 온 감각이 열리는 듯하다. 마음을 비우니 파꽃 벙글어지는 소리가 들리고, 꽃의 기온이 전해져 온몸이 따스해진다. 도시로 가는 발은 무겁고 시린데, 오늘은 시린 발을 잊을 것 같다. 부디 당신도 구병리에 들어 시린 발을 묻고 사나흘 쉬어가길 원한다.

- 『에세이스트』 2015년 여름호

위초리

잔가지들이 참으로 붉디붉다. 홍매화 위초리가 시선을 끈다. 마치 인간의 몸 안에 실핏줄이 일제히 하늘로 솟아 생명의 피돌기를 보여주는 듯하다. 아니 붉은 가지들이 팔을 벌려 하늘을 숭배하는 형상이랄까. 겨울을 이겨낸 위초리의 붉은 손짓이 대견하다. 물관이 터질 듯 생명수가 흐르고 있음을 빛깔로 보여주고 있지 않은가. 형체 없는 아우성 속에서 홍매화는 높은 음역인 소프라노로 살아있다고 목청껏 노래하는 듯하다.

긴긴 동면의 밤을 보내고 봄볕에 기지개 켜는 정원을 돌아본다. 갓 피어난 복수초와 노루귀 꽃에는 꿀 따기 경쟁이라도 벌어진 듯 꿀벌들이 오글거리고, 굳은 땅을 뚫고 올라온 튤립과 수선화 여린 새싹들이 와글거린다. 은사님은 지난해 정원에 거목의 홍매를 옮겨 심고 흥분을 감추지 못한 걸, 나는 기억한다.

나무를 바라보니 겨우내 나무의 생명을 걱정한 주인의 마음이 고스란히 드러난다. 나무의 허리춤까지 짚으로 정성껏 감싸주고, 발치에는 흙이 두두룩하고 그 위에 벌초한 잔디를 거적처럼 덮어놓은 것이다.

 은사님은 매화를 누구보다 아끼고 좋아하는 21세기 선비시다. 당신의 삶을 보고 있노라면, 단원의 혼을 이어받으신 듯하다. 단원 김홍도가 때로는 끼니를 걸러야 할 만큼 가난했지만, 의연함을 잃지 않았다. 생활고 속에서도 그림을 팔아 매화나무를 사고, 친구들을 불러 매화를 감상하며 매화음梅花飮을 즐겼다고 전한다. 화선畵仙다운 고결한 인품을 말해주는 일화가 아닌가.
 단원과 퇴계가 아끼던 백매 앞에도 서 본다. 콩알만 한 고매화 꽃봉오리들은 금방이라도 터질 듯 가지마다 매달고 위엄을 자랑한다. 지지난해 이 자리에서 지인과 매향과 매화차를 즐기던 추억이 스쳐 간다. 백매의 위초리도 홍매처럼 하늘을 향하여 한 점 부끄럼이 없다는 듯 솟은 형상이다. 그런데 나뭇가지가 붉은색이 아닌 여린 갈색이다.

백매와 홍매의 위초리의 색깔이 판이하다. 백매에 흰 꽃이 피고, 홍매에 붉은 꽃이 핀다는 건 누구나 아는 상식이다. 그러나 몽매한 사람은 매화꽃이 다르면, 나뭇가지의 색도 다르다는 걸 오늘에서야 발견한다. 백매의 가지는 갈색이고, 홍매의 가지는 붉은색이다. 불현듯 권태응 시인의 〈감자꽃〉 시詩가 입가에 읊조려진다. "자주 꽃 핀 건 /자주 감자/ 파 보나 마나/ 자주 감자// 하얀 꽃 핀 건/ 하얀 감자/ 파 보나 마나/ 하얀 감자"

붉디붉은 위초리는 꽃을 보지 않아도 붉은 꽃이다. 대상에 애정을 가지고 바라보니 '다름'이 보인다. 이제껏 보고 싶은 것만 보고, 듣고 싶은 것만 들었던 자신을 발견한다. 사리에 어두운 눈이 자신을 속인 격인가. 표면에 드러난 암향만 즐길 줄 알았지, 나무의 생태를 모르고 매화를 다 아는 양 우쭐했던 단순한 사람이다. 홍매화의 가지는 암묵적으로 나의 실체를 적나라하게 알리며, 깊이 사유하라고 주문한다. 따사로운 봄볕에 눈물이 질금거리는 꿈같은 오후이다.

- 충청타임즈 '생의 한가운데' 2017년 3월 28일
계간 〈에세이포레〉 2017년 여름호

연잎 다비(茶毘)

백련을 우려 차를 음미한다. 연꽃은 살아서도 죽어서도 우아한 자태를 간직한다. 우윳빛 꽃잎과 꽃술, 덜 여문 연밥까지 그대로다. 자태도 곱지만, 무엇보다 향기를 간직하여 인간을 매혹하기에 충분하다. 입안에 감도는 쌉쌀함과 코끝을 스치는 은은한 연꽃 향이 그의 품격을 높인다. 눈앞에 연잎 틈새로 꽃송이가 하늘로 향하여 구름처럼 피어오른 넓디넓은 연밭 풍경이 그려진다. 차를 마시던 지인은 백련에 푸른 연잎을 함께 두면 좋겠다고 권한다.

활짝 핀 연꽃에 초록 잎을 더하니 생기가 돈다. 이어 연잎을 띄우고자 뜨거운 물을 붓는다. 지인은 연밭을 옮겨놓은 듯 좋다고 파안대소한다. 이것도 잠시, 다기에 잠긴 연잎 줄기 끝에서 기포가 뽀글거린다. 이어 줄기는 둥근 잎 위로 커다란 물방울

한 점을 끌어 올린다. 초록 연잎 위에 부유하는 투명한 물방울. 연잎의 눈물인가. '눈물은 무언가 몸 안에 가득할 때 넘치듯 흘러나온다. 기쁨이든 슬픔이든 끓어오르는 감정이 몸 밖으로 범람하는 것', 바로 눈물이다. 바라보자니 왠지 모를 슬픈 온기가 감돈다. 보다 못한 지인은 연잎을 꺼내 다탁에 올려놓는다.

푸르죽죽한 잎의 한구석은 이미 마른 상태이다. 방안에 자연을 옮기고자 한 인간의 이기심은 연잎에 가혹한 짓을 벌인 것일까. 조금 전까지 정성을 다하여 연꽃을 섬기고 있었던 연잎이다. 사랑은 구원 없는 종교라 했던가. 제 뜻과 다르게 뜨거운 물 지옥(불가마)에 떨어져 몸 안 진액을 쏟아놓고 떠날 준비를 하고 있다.

차[茶]의 세계에 일기일회—期—會란 말이 있다. '일생에 단 한 번의 만남의 인연'이라는 뜻이다. 생애 단 한 번의 기회라고 여기면, 어찌 순간을 함부로 흘려보내랴. 그 대상이 인간이든, 식물이든, 동물이든 국한을 두지 않는다. 인간은 소멸을 두려워하나, 연잎은 한 치의 두려움 없이 스러져간다. 연잎의 다비茶毘다. 미처 알아채지 못한 나는 차를 목으로 넘기지 못한 채 목울대만

쿨렁거린다. 이 아픈 머무름을 거부할 생각이 없다. 빈 잔에 가
득 찬 고요가 오래도록 출렁거릴 것 같다.

- 〈현대수필〉 2014년 겨울호, 기획특집 '그림 속의 수필'

제 2 부

사색의
결

가을 손님, 박각시

안방 창가에 앉아 무량 쏟아지는 가을볕을 즐긴다. 테라스에 피고
지는 꽃들을 감상하는데 끈끈이대나물 꽃 위를 뱅뱅 도는 녀석이
있다. 자세히 보니 기나긴 촉수로 꿀을 따는 듯하다. 꽃을 찾아
24층까지 날아온 녀석이 참 대견하다. 이 녀석을 '벌새'로 알고
곤충에 해박한 아들에게 자랑하듯 사진을 보내니, 벌새를 닮은
한해살이 나방이란다.

박각시 나방은 우리 집 가을 손님이다. 여름내 정성스레 가꾼
끈끈이대나물에 녀석이 답신하듯 날개가 보이지 않을 정도로
날갯짓해댄다. 자신의 몸 길이만한 촉수를 자유자재로 늘리고
말아든다. 나방이 벌 흉내를 내는 녀석, 볼수록 신기한 면모를 지닌
곤충이다. 세상에는 내가 보지 못하고, 모르고 살아가는 것들이 너무
많다. 그것을 다 보고 알려면 시간이 부족하다.

어린 시인

-가람 이병기 생가에서

태양이 정수리를 지날 무렵 가람 생가에 들어선다. 탱자나무 검푸른 잔가지들이 알기살기 수우재 지붕을 덮을 양 기어오른다. 왼쪽에는 결연한 의지로 서 있는 나목들이 모정 앞 연못에 반영되어 눈이 부시다. 붉은 꽃을 자랑하던 배롱나무의 시절을 떠올리다 뜰로 나선다. 순간 얼굴을 가릴만한 커다란 일본목련 잎이 발치에 두서넛 잎 떨어지며 심상을 건드린다. 가을이 건너가는 소리인가.

만추의 고목들이 초가집 옛 정취를 돋보이게 한다. 가람 선생도 사랑채 창문으로 들어온 뜰에 내린 가을 정취를 그윽한 눈길로 바라보거나, 아니면 마당을 느릿느릿 거닐며 사색에 들었을지도 모르리라. 선생은 어느 곳, 어떤 대상에 시선을 더 많이 주었을까 궁금하다. 먼산주름을 바라보았을까. 아니면 잎을 보내고 빈 가지만 남은 나무들이 투영된 연못일까. 아마도 탱자향이 가득한 수우재에 정좌하고 고목의 탱자나무에 시선을 주며 대견스러워했으리라.

만추의 생가가 더할 나위 없이 고즈넉하다. 생가에 호젓이 나서길 잘한 일이다. 홀가분한 고적이 한껏 자유로워 미소가 절로 지어진다. 이곳을 여럿이 왔다면, 아마도 왁자지껄하며 만추의 느낌을 제대로 느끼지 못했으리라. 팍팍한 일정에 다음 장소로 옮겨가느라 마음에 드는 광경을 사진으로 남기기도 어려웠겠지. 가람 선생의 생애가 온전히 내게로 다가오는 것 같아 온몸에 전율이 일었다.

어젯밤 속이 시끄러운 것에 대한 보상일까. 그래, 열심히 살아온 것에 대한 보답이라고 위로한다. 나는 바쁜 틈을 내 기행하며 느낀 글을 쓰고 있다. 오늘도 꼴찌는 내 차지이다. 직장 일로 시간이 여의치 않아 모임에 늦게 참석하게 된다. 그러다 보니 낮에 보아야 할 것들을 보지 못한 채 잠만 자고 귀가를 서두르기 일쑤이다. 일정을 제대로 소화하지 못해 아쉬워하는 내 마음을 들킬세라 가슴에 꼭꼭 여민다.

빛바랜 모정 툇마루에 앉아 숨을 돌린다. 하나 득이 되지 않는 상념이다. "슬기를 감추고 겉으로 어리석게 보이라."는 뜻을 품은 '수우재守愚齋'. 나의 녹록하지 않은 현실과 수우재의 뜻과 결부시켜 자신을 스스로 위로하고자 한다. 일행과 함께 공유하지 못한 것에 외로움을 느낀 탓이다. 살아있는 동안 검박하고 청렴하게 생을 마친 선생의 뒷모습. 선생의 생애와 남다른 정신을 알고 나니 나의 소소한 감정은 투정이자 엄살이다.

매번 별것도 아닌 일에 자신을 볶아치고 닦달한다. 어쩌지 못하는 현실을 감내하고 외로움의 고통을 견뎌야 혜안의 눈을 뜰 수 있단다. 가람 선생은 내게 뚜벅뚜벅 걸어와 당신의 하얀 손으로 어깨를 토닥이며 '한 길을 향하여 오롯이 걸어가야만, 자신이 원하는 것을 얻을 수 있어.'고 말하는 듯싶어 가슴이 두근거린다. 생가를 유유자적 거닐다 보니 불투명하던 감정이 정리되는 느낌이다.

사랑채를 지나 안채로 접어든다. 멀찍이 떨어져 안채의 전모를 살핀다. 아담하다. 초가의 소박한 멋이 흐르고 남다른 위엄이 느껴지기도 한다. 기와지붕으로 올렸다가 원래 초가지붕으로 복원했단다. 전국에 문인의 생가가 많지만, 제대로 복원된 곳이 별로 없다. 명장의 손을 빌어 복원하였다지만, 세월의 더께가 없는 현대식 자재와 주변 도시환경에 작가의 생애와 일치하지 않는 듯 생소한 느낌이 드니 어쩌랴. 그런데 가람 생가는 선생이 살았던 흔적이 고스란히 남아 있는 초가집이다. 손때 묻은 문고리나 닳아진 댓돌이 정겹고 뜰에는 오래 묵은 나무들이 반긴다. 자연석으로 기단을 높이 석축을 쌓은 거나, 양지 바른 곳에 자리한 돌절구와 허리춤에 닿을 듯한 굴뚝이 고졸한 멋을 더한다.

생가를 뒤로하고 떨어지지 않는 발길을 돌린다. 어린아이가 어디선가 달려 나온다. 아이의 손에 쥔 가랑잎이 나의 시선에 박힌다. 초입에서 내 마음을 흔들었던 누렇게 물든 일본목련 나뭇잎이다. 아이는 자신의 손바닥보다 더 큰 잎을 자신의 얼굴에 대보다가, 잎을 허공에 높이 들어 큰 원을 그린다. 그러다 아이는 황새가 날개를 펴듯 두 팔을 벌려 바람을 타며 달려갔다. 아이의 행동을 좇다가 뇌리를 스쳐가는 것이 있다.

아이는 늦가을을 수수하게 즐기는 시인이다. 찬란한 죽음을 맞은 갈잎을 들고 있는 걸 보면, 아이도 가을이 건너가는 소리를 들었던가 보다. 나 또한 갈잎 낙화에 심상이 꿈틀거렸으나, 온갖 상념에 젖어 감성은 빛을 보지 못하고 가슴 깊은 밑바닥으로 묻혀버렸다. 내가 원하던 순수 감성은 내가 품은 독으로 발아하지 못하고 아쉽게도 스러진 것이다.

아이의 행동은 몸으로 쓰는 시詩다. 계절은 아니 가람 생가는 어느새 어린 시인을 탄생시켰다. 그저 머리로 알기만 하지 말고, 온몸으로 향유하란다. 어린 시인은 갈잎 한 장으로 고즈넉한 생가의 한 모퉁이를 빛내고 있다.

- <한국동서문학>, 2015년 가을호

고사목의 변(辯)

고사목이 눈에 든다. 금방이라도 연둣빛 신록에 묻혀 나무줄기 여기저기에서 푸른 잎이 돋아날 것만 같다. 구병산 팔백여 미터 산길을 오르는 중에 만난 허옇게 말라버린 소나무. 꼭 빛바랜 화석 같다. 몸체가 굵고 하얘서 유난히 도드라진다. 시선은 나무의 줄기를 따라 올라가 하늘을 바라보지만, 신록에 가려 우듬지가 보이지 않는다.

고사목을 지그시 바라보고 있자니 뜬금없이 '군중 속의 고독'이란 낱말이 뇌리를 스친다. 혹여 이 나무가 바로 '고독의 실체'가 아닐까 하는 생각에 다다른다. 고독도 깊으면 병이 되고, 관계 또한 과하면 탈이 나지 않던가. 저 많은 나무 중에 누구와도 소통이 어려워 지쳐버린 나무인가. 주변의 수종을 살펴보니 대부분 활엽수종이다. 참나무와 아기단풍, 산진달래 등속이다. 그 속에 죽은 나무는 소나무 한 그루뿐이다.

　죽은 나무를 바라보는 이마다 해석을 달리하리라. 나무의 사인을 물어보지 말자. 풍요의 뒷면을 들추면 빈곤이 드러나듯, 빈곤의 뒷면에는 풍요가 득세하고 있지 않던가. 봄빛의 향연이 벌어지는 숲 속이다. 연둣빛으로 물든 갖가지 나무들과 연분홍 꽃들이 지천으로 피어 그 자체만으로도 환상적이다. 나무의 껍질은 벗겨지고 맨살로 반짝이는 소나무. 바로 풍요 속 빈곤의 실체가 아닐까 싶다.

　의미 찾기를 좋아하는 나 같은 사람이나 그리 생각할지도 모른다. 나와 함께 나선 여인네는 죽은 소나무는 거들떠도 보지 않은 채 산중에 흐드러진 산진달래 꽃에 홀려 감탄하느라 여념이 없다. 산 밑에서 몰려오는 알록달록 차려입은 등산가들 또한 고사목은 거들떠도 보지 않고 산 정상을 향하여 빠르게 오른다.

　고사목이 살아 있다고 믿고 싶다. 이렇게 기품이 넘치는 나무를 어디에서 만나랴. 주위 나무들을 보자. 나무 굵기로 보나 자태를 보나 아마도 살아 있을 때 주위 나무들의 시선을 독차지했을 것 같다. 푸름 속에서도 고사목으로 기죽지 않을 늠름한 자태가 그 증거이다.

어찌 보면, 빈곤의 실체는 고사목이 아닌 나와 주변의 것들이다. 위로를 받고자 숲에 든 내가 아닌가. 빈약한 사색과 관찰로 나무가 안타깝다고 애잔한 눈길을 보낸 건 잘못이다. 고사목은 고독의 달인이자 자신의 몸을 아낌없이 베푸는 자선가다. 그의 몸집엔 벌레나 곤충들이 헤집어 놓아 크고 작은 구멍이 숭숭 뚫려 있다. 나무는 죽어서도 공덕을 쌓는다. 뚫린 공간에서 실체 없는 바람도 쉬어가리라. 그의 몸을 빌린 자들도 그에 폭넓은 아량과 베풂을 알까. 나처럼 미욱하여 자신이 머문 공간만 바라보고 내면을 읽지 못한 탓이다.

나무는 남다른 고독을 꿈꾸고 있다. 하늘을 향하여 멋스러운 자태로 서 있는 나무. 고사목으로 꺾이지 않는 늘 푸른 소나무로, 아니 쓰러지지 않는 화석으로 숲 속에 늠름한 모습으로 남았으면 하는 바람이다. 순간 줄기마다 솔잎이 무수히 돋아 성성한 나무로 주변 나무들과 어깨를 나란히 한다. 새봄은 마술을 부린 양 나의 눈에 콩깍지를 씌운다. 멀쩡한 사람도 마구 흔들어 놓는 봄날의 변豸이다.

- 『수필시대』 2015년 3/4월호 기획특집
충청타임즈 2015년 5월 1일

목

유난히 긴 목이 나를 슬프게 한다. 목에 가로로 그은 선들은 마치 썰물이 밀려간 뒤 어른거리는 잔물결처럼 출렁인다. 거울 속에 드러난 목을 보고 있자니 급기야 강물에 이는 파문처럼 잔금이 기하급수적으로 늘어나는 환상에 빠진다. 목주름은 인간의 노화를 맨눈으로 확인시키는 뚜렷한 물증이자, 살아온 햇수를 추정할 수 있는 증거다. 그리 생각하니 긴 목이 결코 좋은 것만은 아니다. 오늘은 머리와 몸통의 틈새에 낀 목이 도드라져 보여 심란하다.

사람의 몸에서 목은 어중간한 자리에 위치한다. 그나마 노천명 시인의 시詩로 잘록한 목이 주목받았다고 할 수 있다. 〈사슴〉이란 제목을 달고 "모가지가 길어서 슬픈 짐승이여"라고 시작되는 시詩는 세속과 타협할 수 없는 고고한 생의 자세를 한 마리의 사슴을 등장시켜 은유한다. 젊은 시절 나는 한 행의 시어에 내포된 주제와 상관없이 시구가 마냥 좋았고, 특히 내 모습을 닮은 표현이라 여겨 '목이 길어 슬픈 짐승'이고 싶었다. 그러나 나만의 착각일 뿐, 그리 봐주는 사람은 없었다.

목이 사슴처럼 길면 왠지 보호본능이 일 것만 같다. 혹자는 왜 그런 얼토당토않은 생각을 하느냐고 의문을 가지리라. 지금의 난 키는 장대처럼 길고 손과 발은 곰 발바닥처럼 커다랗다. 마른 편에 키가 크니 목이 긴 것은 당연하다. 한마디로 멀대같이 키만 크지 야물지 못한 편이라는 소리다. 하지만 나를 조금 아는 사람들은 내가 모든 일에 자신감이 넘친다고 표현한다.

이 또한 듣기 좋은 소리는 아니다. 내 모습에서 타인의 보호본능을 일으킬만한 여지가 없다는 소리로 들려서다. 나는 겉보기와 다르게 소심하기 짝이 없는 사람이기 때문이다. 키가 크니 내 의지와 다르게 지정석이 된 맨 뒷자리는 늘 손해 보는 느낌이 들었다. 또, 직장에서 숱한 남성들과 어깨를 겨누다 보니 방어형 도전 자세도 마찬가지다. 사람마다 관점이 다르겠지만, 내가 보기엔 여성이 보호본능을 일으키기엔 아무래도 '아담한 크기'가 제격일 듯싶다. 나는 아직도 사람들이 인정하든 않든 보호본능을 일으키는 부분은 사슴처럼 긴 목이라고 생각한다.

목과 목숨은 생명과 뗄 수 없는 관계이다. 목에 생명의 기운을 불어넣는 목숨은 사람이든 동물이든 살아가는 힘이다. 목숨이 떨어지면 목은 존재의 가치를 잃어버린다. 예전이나 지금이나 목숨을 끊는 일은 바람직하지 못하다. 스스로 목을 매달거나, 형벌 중 극형인 단두대나 참수를 떠올리면 잔인하다 못해 끔찍하다. 중요한 역할 수행자를 연약하게 봐 달라고 하는 내 모습에 당사자인 목은 황당하리라. 겉보기에 가늘고 연약한 목이 머리와 몸통에 생명을 잇는 가교역할을 하니 얼마나 대단한가.

인체에 목이 두 군데 더 있다. 팔과 손을 잇는 손목과 다리와 발을 잇는 발목이다. 손목과 발목, 이 또한 인간의 행위에 큰 영향을 미치는 연결 목이다. 발목 뒤꿈치의 힘줄인 아킬레스건은 그리스신화로 유명하다. 저승의 강인 스틱스 강에서 목욕을 하면 몸은 강철같이 단단해져 칼과 창, 그 어떤 무기로도 상처조차 입힐 수가 없다. 아킬레우스의 어머니 테티스는 사랑하는 아들을 보호하려고 스틱스 강물에 몸을 담그게 된다. 어머니

손에 잡힌 발목만은 강물이 닿지 않아 일반인과 다름없다. 트로이전쟁에서 발목이 치명적 약점이 되어 파리스가 쏜 화살에 맞아 아킬레우스는 죽는다. 발목이 국가의 운명을 좌지우지하기도 한다는 걸 알려준 신화가 아닐까 싶다.

일상생활에 혼란을 일으키지 않도록 만든 목도 있다. 차량의 진행을 원활하게 하고 사고를 방지하고자 서로 교차하는 도로를 입체적으로 만든 시설이 나들목이다. 또 하나는 길 따위에서 사람이 가로로 건너다닐 수 있도록 만들어 놓은 건널목이다. 나들목과 건널목 또한 목으로 잇는 도로나 차도, 철로이다. 인간은 규정된 신호인 무언의 소통으로 생명을 보호받는다.

목은 생명을 잇는 소통구이다. 목은 특징 없는 외모와 다르게 내면의 모습은 생명을 다루는 대단한 일을 하고 있다. 사람들은 대부분 외모를 중시하며 특별한 사람이 되길 원한다. 누군가에게 돋보이고자 가느다란 목에 값진 목걸이를 팔목과 발목에 팔찌와 발찌를 친친 두른다. 내면의 진면목을 모르고 금은보석을 두르는 것은 '빛 좋은 개살구'가 아닌가. 그저 눈에 보이는 시구에 빠져 연약함을 갈구하던 내 모습 또한 별수 없다. 지금까지 목을 깊이 사유할 생각조차 못 하지 않았던가.

다시 거울 앞에 서서 주름진 목을 바라본다. 젊은 시절 매끈한 목이 그리워 베개를 바꿔보나 그것도 별수 없는 짓이다. 지금 내가 바로 할 수 있는 일은, 목의 격에 맞게 질 좋은 크림을 바르고 애무하는 일이다. 아니 육체적 주름보다 정신적인 노화 주름이 더 문제이리라. 속인이 흐르는 나달을 어찌 잡으랴. 그저 "어찌할 수 없는 향수에/ 슬픈 모가지를 하고 먼 데 산을 바라본다"고 시詩로써 절절한 그리움을 읊는다.

- 계간 『현대수필』 2016년 겨울호

나, 살아 있어

어디선가 외침이 들리는 듯하다. 소리가 이끄는 대로 모퉁이를 돌아서니 벽이다. 벽 중앙이 네모로 창문처럼 뚫려 있다. 바닥에 누운 둥치 큰 나무가 보인다. 네모난 공간에 대각선으로 드러누운 나무를 머리끝에서 발끝까지 훑는다. 줄기엔 바싹 마른 덩굴줄기가 얼기설기하고, 굵은 덩굴 두어 줄기는 나무와 한 몸인 양 붙어 있다. 밑동은 갓 이식할 나무처럼 뿌리를 감추고 흙덩이를 달고 있다. 흙덩이에 핀 자잘한 꽃이 나의 가슴을 뒤흔든다.

소리의 진원지는 바로 밑동이다. 흰 무꽃과 노란 유채꽃이 마치 풋풋한 소녀들이 별거 아닌 이야기에도 깔깔거리듯 나풀거린다. 나무줄기는 죽은 것처럼 보이나 밑동에선 풀꽃을 키운

다. 더욱이 우듬지는 작은 창을 향하여 자신을 알리기라도 할 양 팔을 내민 모습이다. 마치 길손의 손목을 잡을 기세처럼 보인다. 무언의 힘에 이끌려 나무 앞에 서 있는 내가 그 증거이다.

나무는 눈이 부신 생명을 여럿 키우고 있다. 생명을 키우는 이 나무를 '죽었다고 봐야 하냐, 살았다고 봐야 하냐?' 그것이 의문이다. 이것도 잠시 뇌리를 스치는 생각은, 나무의 육신은 죽었으나, 나무의 정령은 살아 있다. 차가운 바닥에 누워 성성했던 그 날을 기억하며 풀꽃을 키우는 중이다. 물기 잃은 생명에 생명수를 줘 굳게 닫힌 감각을 열고 있다. 밑동에서 풀꽃을 키우듯 또 하나의 메마른 인간을 구제한다.

호텔 입구에 표제 없는 작품을 전시한 작가의 속내는 무엇인가. 혹자는 그저 죽은 나무를 옮겨 놓은 것일 뿐 무슨 의미를 부여하느냐고, 이즈음 섬 천지에 너울거리는 것이 유채꽃인데 뭔 호들갑이냐고 딴지 놓을지도 모른다. 주위를 돌아보니 이 층으로 오르는 계단이 보인다. 나무가 있는 공간은 천장이 뚫려 있다. 위에서 대상을 바라보고 싶다. 시선을 달리하면, 느낌도 생각도 달라지리라. 호기심에 이 층 계단으로 성큼 오른다.

평면에 놓인 것처럼 길게 누운 나무 전신이다. 위치를 달리하여 나무의 줄기 부분에도 서 보고, 우듬지에도 서 본다. 그러다 밑동에서 바라보니 마치 나무가 하늘을 향하여 우뚝 서 있는 착각을 일으킨다. 밑동에선 성성했던 그 날처럼 듬직하게 서 있는 듯, 우듬지의 촉수는 작은 창을 통하여 햇볕을 온몸으로 받는다. 그래, 누군가를 향하여 "나, 살아있어"라고 자신의 존재를 알리는 나무이다. 어찌 보면, 그 외침은 영혼을 돌볼 틈 없이 살아온 나의 항변이 아닐까싶다.

매일 비슷한 일상을 수개월 살아냈다. 스스로 의식적으로 살았다고 말하나 그것은 죽은 감성을 감추고자 포장한 위로의 항변이다. '살아냈다.'라는 표현은 지금껏 내 삶을 어쩌지 못하는 공간에서 영혼 없이 달리는 모습을 보이지 않고자 애를 쓴 것이다. 생명 잃은 나무를 갸웃거리다 내 안에 꿈틀거리며 터져 나온 진정한 목소리에 놀란 것이다. 죽은 나무에 핀 풀꽃을 바라보다 내 영혼을 돌아봄이 그나마 다행인가. 꽃들의 발랄함이 온몸으로 전해지는 듯하다. 메마른 가슴에 감성 충전이다.

- 충청타임즈 '생의 한가운데' 2017년 5월 23일

생명을 키우는 마을

-후쿠오카 유휴인에서

마을로 깊이 들어갈수록 흥미롭다. 상점이 한길로 죽 뻗은 길가에 오종종 자리한다. 거리의 표정은 소박하고 수수하다고 할까, 아니 아기자기하다고 해야 맞을 성싶다. 꾸민 듯 꾸미지 않은 듯 자연스러운 시골 풍경에 사로잡힌다. 거리의 상점들은 자신만의 색깔을 잔잔히 드러낸다. 수십 호의 상점들이 잘 어우러져 조화롭다. 그들만의 삶의 문화를 보여주는 듯하다.

특히 골목길이 다정하게 말을 건네는 듯하다. 상점을 벗어나 좁은 골목으로 들어서니 담장 아래 도랑물이 졸졸졸 흐르고 도랑을 따라 작은 꽃과 들풀이 반긴다. 또 벽돌 담장 위에는 연초록 다육식물이 늘어져 늦봄의 정취를 더한다. 좁은 담장 위에 식물을 키우는 주인의 심성이 느껴져 흐뭇하다. 곳곳에 서정이 넘친다. 한 줌의 흙이 있는 곳이라면 어디라도 생명을 키우는 마을이다.

마을 주민은 생명을 소중히 여기는 사람들이다. 다정다감하고 가슴이 넓은 맑은 영혼을 가진 사람들이리라. 방금 스쳐 온 마을 곳곳의 표정에서 드러난다. 인형 소품 가게 앞에도 붉은 벽돌을 열 단정도 쌓아놓아 틈새에 꽃 화분이 주렁주렁 달려 있다. 가게 간판이나 이정표는 작은 크기의 빛바랜 목재에 알록달록 그들의 언어로 적었지만, 그 문자가 친근하다. 우리네 상점들은 자신의 상점을 돋보이고자 화려한 네온을 가로 세로로 불야성처럼 세우는 것이 대부분이지 않던가.

한 카페의 간판이 인상적이다. 찔레꽃 넝쿨을 드리운 검은 나무 벽면에 흰색으로 '샤갈' 카페 이름을 적은 것이다. 찔레꽃 아니 샤갈이란 이름 덕분인가. 여러 각도로 봐도 보기 좋고 가다가 다시 돌아와 사진 한 장을 남길 정도로 여운이 남는다. 생업을 위하여 물건을 사고팔기에 바쁠 텐데, 자기 집 주변에 크고 작은 꽃 화분을 놓고 텃밭과 정원을 가꾸는 사람들이다. 생명을 키우고 싶은 마음은 있지만, 정작 행동으로 옮기는 일은 쉽지 않다. 그들의 정성 어린 숨결이 마냥 부럽다.

골목에서 커피 향이 흐른다. 향을 좇아가니 나이가 꽤 드신 할아버지의 모습이 보인다. 한 가지 업종에 수십 년 종사하며 제자를 키워냈고, 이제는 귀가 먹어 제자를 키우기 어려워 알고 찾아오는 사람에게만 자신이 만든 커피를 내고 있단다. 한 자리에서 오랫동안 같은 일을 즐기는 정신이 돋보인다. 커피 정원에도 자디잔 들꽃이 피어 있고 느티나무 아래 토끼가 그네를 타고 있다. 토끼를 나무에 매달던 할아버지를 상상하니 그 마음이 전해지며 미소가 지어진다.

지금 우리의 삶은 어떠한가. 요즘 맞벌이 부부는 새벽에 일어나 출근하기 바쁘고, 업무에 지쳐 귀가하고도 집안일로 분주하다. 어찌 보면 집은 그저 잠자는 숙소로 전락한 지 오래일지 모른다. 현대인은 정서가 점점 메마를 수밖에 없는 환경으로 치닫고 있다. 미래를 이끌어 갈 우리 아이들이 흙 한 줌, 식물 한 포기 구경할 수 없는 집에서 어찌 정서가 자랄 수 있겠는가.

마을을 돌며 문득 강진 다산초당이 떠오른다. 낯설고 물선 아무것도 없는 유배지에서 연못도 손수 꾸미고 수백 가지의 꽃과 나무를 심어 즐겼던 다산이다. 절망 속에서도 자연을 벗 삼아 심신을 위로하며 십팔 년이란 긴 유배생활을 보낸 것이다.

생명을 키우며 맑은 영혼을 간직했던 다산의 삶을 떠올리면 심신이 고단하고 바쁘다는 건 핑계에 불과하리라. 노상 그날이 그날 같다는 투정은 마음을 제대로 단속하지 못한 탓이다.

가끔은 삶에 작은 변화가 필요하다. 일탈을 감행하길 잘한 일이다. 지진 여파로 관광객이 줄어 한적한 후쿠오카의 유휴인 여행. 모험을 감수한 덕분에 거리도 식당도 카페도 호젓하게 누린다. 긴린코 호수가 보이는 샤갈 카페에 잠시 머물며 향기로운 커피 한 잔의 여유를 부린다. 육체적 정신적 피로감이 절로 치유되는 느낌이다. 자신의 감정을 솔직하게 그려낸 〈도시 위에서〉란 샤갈의 그림 속 주인공처럼 몽환적인 기분이다. 충만한 느낌을 오래 간직하고 싶다.

- 충청타임즈, '생의 한가운데' 2016년 7월 26일

열목개

바닷길이 점점 드러난다. 커다란 몽돌은 만화 속 공룡 알이 잠든 양 잠잠하다. 몽돌은 파도와 한 몸처럼 쓸리는 남해 것과는 확연히 다르다. 주먹보다 작은 몽돌은 보았으나 이렇게 큰 몽돌은 처음이다. 두 손으로 들어올리기에도 부담스러울 정도의 크기다. 자잘한 돌끼리 부딪는 소리가 좋아 녹음하여 듣기를 얼마나 하였던가. 몽돌의 선입견을 지울 수가 없다.

바위가 작은 몽돌이 되기까지 몇 억겁 시간이 흘러야 하는가. 서로 부딪혀 깨지는 고통을 어찌 감내하였으랴. 크기가 다른 돌들이 무수하나, 돌들은 한 몸처럼 엉겨 있다. 바닷물이 빠져 돌길이 보여도 앞으로 나아가지 못한다. 이곳 몽돌은 파도가 보채도 침묵하니 파도소리 또한 스스로 잦아든다. 몽돌의 생애가 내안에 들어와 거친 파도의 부대낌과 신산함을 전이한다.

바닷길인 열목개는 성난 파도를 잠재우는 터인가 보다. 두서 없이 웅얼거리며 달려드는 파도의 감정을 순식간에 요리한다. 아울러 나의 심신도 무념의 상태로 든다. 이곳으로 오기 전 내 모습이 떠오른다. 바쁘다는 핑계로 아무 정보 없이 지인의 꽁무 니를 무작정 따라나선 것이다. 이젠, 등대섬을 보고자 소매물도 망태봉을 넘는 발길을 쌍수 들어 저지하고 싶을 정도다. 숨 막 힐 듯 쏟아지는 태양의 기운을 흉보며 부질없는 말을 공중에 부려놓는다. 스치는 바람도 내 말을 엿들었던가. 잘 빗은 머리 칼을 사정없이 헝클어 놓고 내 몸을 탐내는 양 연신 들었다 놓 았다 한다. 제주의 바람은 비길 데가 아니다. 좋아하는 여행도 열악한 환경 앞에선 강한 의욕도 힘없이 무너진다.

몽돌 길은 시간이 흐를수록 길다운 길로 변신하고 있다. 파도 에 휩쓸리지 않는 견고한 열목개가 어디에 또 있으랴. 소매물도 와 등대섬을 잇는 바닷길은 하루에 두 번 길을 터준다. 밀물과 썰물이 달의 조화라고 하지만, 그저 신기할 뿐이다. 성미 급한 이들은 이미 신발과 양말을 벗고 앞으로 나아간다. 그도 그럴 것이 등대섬에 올라 풍경을 조망하고 물이 차기 전에 길을 건너 야 한다. 섬 안에 갇히지 않으려면 어서 서둘러야 하리라.

등대를 향하여 오를수록 눈앞에 소매물도의 전신이 드러난다. 돌섬에 풀이 뿔처럼 희끗거리고 마치 공룡이 낮은 자세로 누운 듯한 형상이다. 열목개 몽돌은 역시 공룡이 낳은 알이라 해도 믿으리라. 몽돌은 살아있는 화석이다. 몽돌은 파도에 쉬이 휩쓸리지 않고, 거센 바람에도 *끄떡*하지 않는다. 몽돌은 알을 깨트리고 나올 그날을 기다리며 묵언정진 중인지도 모른다. 열목개는 세속의 묵은 때를 벗는 다리이다. 순간 거센 바람에 모자가 저만큼 날아가 상념에서 벗어난다. 신의 영역이니 생각을 멈추라는 신호인가.

등대에 오르니 생각했던 대로 절경이 펼쳐져 탄성이 절로 흐른다. 깎아지른 기암절벽과 주상절리, 푸른 바다엔 크고 작은 섬들. 바다는 이웃이 있어 생활이 무미건조하지 않아 좋으리라. 이제 불같이 일었던 상념과 온몸을 적신 땀은 온데간데없다. 몸속의 독소가 빠져나간 듯한 일탈이다. 두 눈을 감고 두 팔을 활짝 펴본다. 온몸에 속속들이 안기는 바람과 하나다. 순간 뇌리를 스치는 니코스 카잔차키스의 묘미명이 떠오른다. "나는 아무것도 바라지 않는다. 나는 아무것도 두려워하지 않는다. 나는 자유이므로."

- 충청타임즈 '생의 한가운데' 2016년 10월 26일

뒷모습

참으로 건강한 뒷모습이다. 양어깨가 보기 좋게 들썩이고, 엉덩이를 실룩거리며 걸어간다. 발걸음 또한 새털처럼 가벼워 보인다. 아침나절 산길에서 만난 젊은 부부의 모습이다. 누군가 등 떠밀어 걷기를 강요한 것이라면, 저런 모습은 보기 어려울 것이다. 아마도 축 처진 두 어깨에 신발 뒤축을 질질 끌며 걸어가리라. 인간의 뒷모습에서 알게 모르게 그만의 성격과 심정을 어느 정도 읽게 된다. 뒷모습도 세상사처럼 천변만화千變萬化다. 사람마다 다른 뒷모습이 하나의 상징처럼 다가온다.

나는 사람의 뒷모습을 바라보며 상상하기를 좋아한다. 간혹 앞모습을 보고 싶은 호기심도 일지만 애써 얼굴을 보고 싶은 마음은 없다. 어쨌거나 타인이 자신의 뒷모습을 뜯어본다고 생각해보자, 기분이 어떨까. 마음이 썩 좋지는 않으리라. 그리하여 이 작업은 혼자 은밀하게 이루어진다.

무한한 상상력의 보고인 인간의 뒷모습. 사진 수필집을 출간하며 더욱 관심을 둔 분야이다. 나는 오래된 사물이나 자연 풍경을 찍는 걸 좋아한다. 처음에는 아름다운 풍광이나 사물 자체를 담았으나 언제인가부터 사진 속 풍경이 달라진다. 사려니숲길을 걸으며 가족끼리 정다운 대화를 나누는 풍경이나 바닷가에 쪼그리고 앉아 담배를 피우는 고독한 중년 남성의 모습이 떠오른다. 그리고 오래된 석탑과 마주하는 여성의 뒷모습도 기억에 오롯이 남는다.

그리운 뒷모습이 있다. 내가 기억하는 생전 아버지의 뒷모습이 조각난 퍼즐처럼 하나씩 스쳐 간다. 마당을 가로질러 신작로 끝으로 점점 사라지거나, 자전거 페달을 힘껏 밟아 일터로 달려가던 모습과 군밤을 굽던 뒷모습 등 유년시절 졸린 눈을 비비며 얼떨결에 보았던 어렴풋한 뒤태다. 당신의 마지막 뒷모습은 휠체어에 양팔을 의지해 저무는 노을을 바라보며, 어깨를 파르르 떨던 모습이다. 그리운 아버지의 모습을 더 많이 뇌리에 저장해 두지 못한 것이 아쉽다.

뒷모습에선 어떤 가식이나 가면을 쓴 이중성이 보이지 않는다. 산길을 걸어가는 건강한 모습이 어찌 가면을 썼다고 할 수 있으랴. 꾸미지 않은 본연의 뒷모습이다. 어찌 보면 체면을 차리는 앞모습보다 뒷모습에서 진정성이 드러난다. 자신에 내면의 모습을 그대로 보여주기 때문이다.

돌아보니 타인의 등을 바라보는 기회가 더 많은 편이다. 등 뒤에서 자신의 감정을 무시로 읽는 이가 있다. 그리 보면 자신의 뒷모습을 관리할 필요가 있다. 그렇다고 필요 이상으로 예민할 것까지는 없다. 다만 뒷모습도 자신의 일부이니 책임을 져야 하지 않을까 싶어서다.

나는 무릇 생기가 넘치는 뒷모습을 원한다. 모쪼록 그 사람만의 있는 그대로의 순정한 뒤태가 보고 싶다. 서로 마음과 마음을 나누며 등을 감싸 안고 토닥이는 모습을 그려본다. 인제 그만 우울의 옷을 벗어 던지고 세상을 향하여 등골을 일자로 쫙 펴고 걸어가자. 저기 숲으로 사라지는 뒷모습은 누군가의 기억 속에 남을 당신의 마지막 뒷모습이다.

- <수필과 비평> 2014년 11월호
충청타임즈 2015년 9월 23일

기억의 습작

노고단에 올랐던 기억을 되살린다. 시선은 온통 두 발에 있다. 혹여 돌 틈에 발목을 접질릴까 불안해서다. 참다못한 동인은 산길에 왜 돌을 깔아 이방인의 무릎과 발목을 멍들게 하느냐고 불만을 터트린다. 왼쪽 무릎이 부실한 나도 맞장구를 친다. 길이 끝나는 지점까지 구시렁대며 올랐던 돌길. 그 길에 흘린 땀방울의 흔적이 지금도 역력하리라.

드디어 정상에 올라 산등선을 바라보며 감탄사를 연발하며 서 있다. 내가 걸어온 길에 흘린 땀방울이 있었기에 희열감은 배가 되었으리라. 다리가 후들거린다는 것은 말뿐이던가. 더 멀리 바라보고 싶은 욕망에 한층 높은 바위로 엉금엉금 기어오른다. 바위 위는 온몸을 휘감는 거센 바람과 바람소리에 지인의 목소리도 들리지 않을 정도다. 그런데 이 모든 상황은 사진 한 장에서 재현한 기억의 습작이다.

 사진 속 지인들의 모습에 미소가 절로 흐른다. 누군가를 향해
하트를 날리는 늘씬한 여자. 거센 바람에 모자는 날아가고 머리
칼을 움켜쥔 여인. 바람에 날아갈까 겁이 나 바위에서 내려오려
는 여인의 아우성, 그것을 재미난 듯 바라보는 짓궂은 남자. 그
들의 노닥거리는 소리가 들리는 듯하다.

 그러나 사진이 전부가 아니다. 그날 분명히 많은 이야기가
숨어 있다. 지리산 매표소에서 노고단까지 일어날법한 상황을
퍼즐 조각 맞추듯 끼워 맞춘다. 초입에선 냉커피를 손에 들고
평탄한 길을 걸었지. 지인과 산길을 걸으며 아직 해결되지 않은
문제에 대하여 이야기를 나눴고, 다리가 아파 돌계단에 앉아
쉬기도 했다. 동행했던 지인의 도움을 받으면 기억의 폭도 달라
지리라. 그러나 지금 난 그날의 일정이 상세히 그려지질 않아
답답하다.

 내가 사진 한 장에 매료된 것이 분명하다. 삐걱거리며 차오르
는 무릎 통증을 몸으로 기억하지 못하고, 사진 속 상황이 전부
인 양 즐거운 모습이다. 정녕코 모순이다. 산을 오르던 힘겨웠

던 시간의 기억은 삭제되고, 한 순간 사진 한 장에 즐거운 추억으로 포장된다. 마치 미완의 기억이 그날의 주제이자 핵심인 것처럼. 만약 이것이 기억 전부라면, 기억의 왜곡이다.

삶에서 깊이 의식하지 않은 부분이 뇌인 것 같다. 우리 몸에서 1.5kg의 해당하는 뇌가 가장 소중한 부분임은 모두 알리라. 글쓰기에서 과거의 기억을 불러내 의미화 하는 작업도 뇌의 덕분이다. 내가 부르지 않아도 순간 무의식으로 나타난 생각도 있고, 기억을 더듬어 보지만 기억에 없는 부분도 있다. 뇌에서 기억할 가치가 있는 것을 판단하여 저장하는 곳이 해마이다. 또 인간이 무언가에 감동하거나 자극받거나 정서적 결함도 관여한다. 아무튼, 작은 공간에 나의 과거가 켜켜이 쌓여 존재한다니 놀라울 뿐이다.

인간은 뇌가 저장한 대로 만족해야만 하는가. 그렇다면 산행에서 특별한 기억이 없는 것은 해마의 탓이다. 그러나 대뇌피질의 일부인 해마 탓으로만 돌리기엔 인간으로서 부끄럽다. 돌아보면 나는 고통스러운 상황을 오래 끌어안고 있는 성격이 못 된다. 안 좋은 일이 생기면 생길수록 삶의 길이 훤히 보이고, 살아갈 이유 또한 분명해진다. 그 기운이 오기든 무엇이든 나는 어떤 상황에서도 오뚝이처럼 하루를 살아가길 애쓴다. 아마도 그날의 아픔은 아예 지워버렸거나 저장하지 말라고 무언의 암시를 줬는지도 모른다. 어찌 보면 기억은 내가 만들어 낸 삶의 다른 이름일지도 모른다.

한순간 나의 기억을 대신한 스냅사진이다. 그 속에서 건져 올린 단어는 돌길과 바람. 돌길을 무한정 걸었을 때 연상되는 무릎 통증과 정상에서 날아갈 듯 거센 바람이 아마 그랬을 것이라는 추측성 기억이다. 과연 사진을 보고 되살아난 감정을 기억했다고 말할 수 있을까. 그것도 의문이다.

누군가 말했듯 "기억이란, 서랍 속에 넣어 두었다가 꺼내는 것이 아니라 매일 새롭게 만드는 것이다."라는 말이 새롭게 가슴에 와 닿는다. 내 기억을 본디 그대로 불러오면 좋으련만, 감정이란 놈이 어디 순순히 존재하던가. 감정은 상황에 따라 춤을 추고, 감각 또한 어떤 대상을 만나느냐에 따라 달라진다. 가끔은 수면제를 먹어도 잠들지 않는 기억의 한 부위가 하나쯤 있었으면 좋겠다. 기분 좋은 기억은 두고두고 일상의 활력소가 될 테니까.

인간의 기억은 스스로 정리하고 저장하여 변신한다. 사람들은 삶의 한 부분을 애써 잊거나 묵인하며 살아간다는 걸 인정하지 않는 것 같다. 자신에게 유리하도록 기억을 부풀리고 그럴듯하게 꾸민 적은 없는지 돌아본다. 욕심을 부려 많은 상황을 뇌리에 쌓아둔다면 과연 어떤 모습일까. 아마도 '골치가 아파 죽겠다.'라는 말을 입에 달고 살거나, 애드벌룬처럼 머리가 커져 가분수형으로 뒤뚱거리다 결국 그 무게로 앉은뱅이로 주저앉고 말리라.

기억도 과유불급, 정도를 지나침은 미치지 못함과 같다. 21세기는 내 의도와 상관없이 무수한 행위와 정보의 바다 속에서 살아간다. 나의 과거가 컴퓨터 메모리처럼 저장되길 원한 것은 과한 욕심이다. 해마는 한정된 공간이라 비워야 채울 수 있다는 걸 일깨운다. 인간에게 얼마간의 망각이 그나마 다행인가. 무릎의 고통을 깡그리 잊고 노고단의 싸한 바람을 맞고 싶다. 나의 해마는 이미 길고 긴 돌길을 가볍게 올라 산마루를 달리고 있다.

- 계간 〈창작산맥〉 2015년 가을호

풍경의 일부가 되어

월정리 해변에 바람이 분다. 살 속으로 스며드는 육지의 소소리바람이 아니다. 바람이 부드러워 백사장을 걷는 발걸음에 절로 흥이 실린다. 모래 위에 남긴 발자국이 밀려오는 파도에 흔적 없이 사라진다. 바다와 하늘의 빛깔은 하나의 색으로 눈물이 나도록 창창하다.

아마도 저들은 태초부터 하나였으리라. 이름 짓기 좋아하는 인간이 편의상 '바다'와 '하늘'이란 이름으로 갈라놓았을 뿐. 나는 지금 푸른 물이 뚝뚝 떨어질 듯한 하늘 아래 서 있다. 파도의 물거품이 바람에 날려 얼굴에 물방울 한 점 스치기만 해도 바로 푸른 물이 들리라. 아니 이미 난 그 속에 있어 온몸에 푸른 물이 가득 든다.

내 마음을 사로잡은 풍경이 어찌 한둘이랴. 아니 자청하여 풍경 속으로 뛰어들어 감흥을 받았던 적이 여러 번이다. 도시의 삶에 절어 전전긍긍하다 보니 그 정서를 잊고 지낸 탓이다. 문득 밤늦게 요가를 끝내고 돌아오던 날, 길에서 바라본 초승달이 떠오른다. 느티나무 가느다란 가지 끝에 매달린 달의 풍경을 무어라 말하랴. 그 감흥을 제대로 표현하지 못하는 나의 부족한 재주를 탓하며 초승달을 하염없이 바라보았다.

초승달은 차디찬 겨울에 운치를 더하는 것 같다. 코끝이 찡하도록 맵싸한 공기와 낙엽 한 장 달리지 않은 빈 나뭇가지 끝에 떠오르면 금상첨화다. 가지 끝에 절묘하게 떠오른 초승달을 바라보고 있자니 불현듯 중국의 시인이자 사학자인 곽말약의 기발한 시가 생각난다. "초승달이 낫 같아/ 산마루의 나무를 베는데/ 땅 위에 넘어져도 소리가 나지 않고/ 곁가지가 길 위에 가로 걸리네" 그의 상상력은 초승달로 나무도 베게 한 것이다. 이 얼마나 신선한 발상인가.

같은 달을 바라본 나의 빈약한 상상력은 앙상한 가지가 실이 되고, 가지 끝 보름달은 풍선이 되어 하늘로 날아오른다. 아니면 어둠 속 나그네의 발길을 밝히는 가로등으로 서 있기도 한다.

느리게 걷는다. 백사장은 아주 고운 모래로 옅은 베이지 빛 융단을 깔아놓은 듯 푹신하다. 모래 위에 가만가만 발자국을 남기며 바다 쪽으로 나아간다. 바다란 소란스러우면서도 고요한 살아 있는 형이상학이라고 누가 말했던가.

밤하늘의 달은 예인의 시선에 따라 낮이 되고, 풍선이 되고, 가로등이 되어 각기 다른 모습으로 변주된다.

얼마 전 산길을 걸으며 나눈 동생의 말이 풍경과 겹쳐진다. 산은 역시 여백이 드러난 적막한 빈 숲이 좋단다. 나이가 들어가며 나 또한 그 말에 깊이 공감한다. 빈 가지 틈새를 가득 들어온 짙푸른 하늘과 흰 눈이 가지마다 켜켜이 올라타고 앉은 장관, 머리털이 듬성듬성 난 듯한 산봉우리의 숲 하며 눈꽃이 피어난 겨울 숲. 그림 같은 풍경을 어찌 말과 글로 형용할 수 있으랴.

오래전 내설악에서 보았던 황홀한 풍광을 나는 아직도 잊을 수가 없다. 바람결에 나무껍질을 훨훨 벗어 던지던 자작나무다. 겨울의 끄트머리에서 나무들은 성장이 멈춘 듯 물기가 말라 몸피가 하얗게 빛을 발한다. 죽은 듯 강바람과 눈비를 이겨낸 빈 숲은 머지않아 봄볕을 받아 빈 가지를 노랗고 붉게 물들이리라. 적막한 겨울 숲에 생명이 수런거리는 봄 숲으로 변해가는 정경을 바라보며, 숨이 제대로 쉬어지질 않았던 기억이 떠오른다. 그 강한 울림을 나의 뇌리는 오롯이 기억하고 있다.

느리게 걷는다. 백사장은 아주 고운 모래로 옅은 베이지 빛 융단을 깔아놓은 듯 푹신하다. 모래 위에 가만가만 발자국을 남기며 바다 쪽으로 나아간다. 바다란 소란스러우면서도 고요한 살아 있는 형이상학이라고 누가 말했던가. 바라볼 때마다 못마땅한 자신을 잊게 하고 불편한 마음을 가라앉혀주는 광막함이 있다. 봄바람처럼 다가와 상처를 핥아주고 체념을 부추기는, 닿을 수 없는 자연의 무애를 확인한다. 나는 자연이 그려준 풍경 속에서 순진무구로 되돌아온다.

하염없이 걷다 보니 모래 위에 가느다란 물줄기가 시선을 잡는다. 꼭 내 몸속 혈관 같다. 물줄기는 각자 제 갈 길을 가는 듯 보인다. 허리를 굽혀 바라보니 마치 혈관의 피가 심장을 향하여 흐르듯 물줄기 하나하나가 한 곳으로 향하고 있다. 여러 물줄기는 물거품 속으로 걸어 들어가더니 파도 속으로 사라져 버린다. 바다란 이름으로 하나가 된다. 그런데 나의 인생은 어떠한가. 길을 잃어버리고 찾아다니고 발견하는 과정을 반복하고 있다. 물길은 내가 가야 할 길을 말해주는 듯싶다.

자연은 인간을 거의 배신한 적도 버린 적도 없다. 다만 인간은 자신의 필요로 자연에서 위안을 받는다. 바다와 먼 지역에 머무는 나는 수시로 숲을 찾아든다. 그곳은 자연 치유와 농도 짙은 사유의 시간을 허락한다. 내가 가장 나다워질 때가 언제인가. 그의 일부가 되어 풍경으로 머물 때다. 월정리 바다도 나에게 맑은 생각 한 자락 들려주고 싶은 모양이다.

- 계간 <에세이포레> 2014년 겨울호

제 3 부

전통의
결

진리의 씨앗

지난해 꽃방 주인 어른왕자께서 챙겨 준 꽃 씨앗을 화분에 뿌렸다. 드디어 그 씨앗 중 하나가 꽃을 피워 더없이 나를 기쁘게 한다. 매일 마주하며 꽃의 생태를 살피니 몰랐던 부분까지 알게 된다. 털북숭이 꽃양귀비가 껍질을 탈피하는 인고의 시간이 엄숙하게 다가온다. 껍질을 벗겨주고 싶어 손이 갔다가 도로 접는다. 스스로 껍질을 벗겨야만 세상을 살아갈 수 있다는 진리가 떠올라서다.

무엇보다 진리를 직접 보려면 새벽에 깨어 있어야 한다. 날이 밝으면 이미 껍질은 바닥에 떨어져 있는 상태가 대부분이다. 게으르면 볼 수 없는 광경이다. 놀라운 일이 그뿐이 아니다. 꽃은 마밭에서 더부살이하며 움츠러들지 않고 더욱 화려하게 피어나 당당히 열매까지 맺는다. 꽃양귀비를 통하여 백 마디 말보다 귀한 깨우침을 얻는 새벽이다.

능원에서 아침을

얼마나 꿈꾸던 일인가. 그대와 나는 약속이나 한 듯 빵과 커피를 들고 오래된 능원을 찾는다. 영화 <티파니에서 아침을>에서 인적 없는 뉴욕 5번가를 느리게 걷는 '오드리 헵번'처럼, 나도 오래된 돌담을 지나 푸른 능이 보이는 쪽으로 거닐고 있다. 느리게 걷다가 능원에서 소소한 아침을 먹을 참이다.

영화 속 주인공처럼 신분상승을 꿈꾸는 건 아니다. 지천명이 다 되어가도록 일상에 파묻혀 능원을 제대로 느껴보지 못한 일벌레이다. 시간 없다는 것이 핑계로 들릴지 모르지만 경주를 가려면 마음먹고 나서야 한다. 경주를 말하면 빠지지 않고 등장하는 왕릉, 그 주변을 할 일 없이 배회하고 싶었다. 능 주변을 느리게 거닐다 일어나는 느낌을 온전히 내 것으로 가지고 싶어서다. 느낌이란 일어났다가 사라지는 무상한 것임을 잘 알고 있다. 하지만, 심장이 뛰는 한 그것을 간직하고 기록하고 싶은 나의 질긴 소명이라 여기니 어찌하랴.

능 위에 솟아오른 나무가 낯설다. 파격의 묘다. 아니 능에 생명을 불어넣은 듯 자유로운 느낌마저 든다고 할까. 밋밋하고 봉긋한 능이 대체적이지 않던가. 무덤에 관한한 틀에 박힌 머릿속을 헤집어 뇌세포를 흔든다. 엊저녁의 바라본 고요한 능의 느낌과는 많이 다르다.

고분에 뿌리박은 나무. 능 위에 뿔난 듯 자란 나무가 신기하다 못해 이상한 기분마저 들게 한다. 마치 능이 사라지기라도 할 양 나는 사진을 박는 일에 여념이 없다. 보다 못한 그대는 나를 현실로 불러들인다. 제발 요기는 하고 시작하란다. 의자에 앉았으나 시선은 역시 고분에 돋아난 나무에 가 있다. 능의 주인은 왕가의 것일 텐데, 능을 어떻게 관리하였기에 봉분 위에 나무가 자라는 것일까. 후인이 소홀히 관리한 탓인가. 선산을 가꾸던 아버지를 떠올리면 가당치도 않은 일이다. 봉분 위에 나무가 자라도록 그냥 두지는 않았으리라.

뿌리박은 나무는 나름의 이유가 있으리라. 아무래도 환경적

요인이 많이 작용했으리라 본다. 경주 시내에 봉분의 수효가 많아 이곳 사람들은 매일 무덤과 함께 생활한다. 어찌 보면 무덤 속에서 일어나 일터로 나갔다가 무감각하게 그 곁으로 돌아와 편안히 눕는다. 그들에게 무덤은 생활 속 하나의 물상일 뿐이다.

무덤에 관한 한 일반인은 어떠한가. 평범한 일상은 죽은 자를 떠올리거나 무덤이 가깝지가 않다. 무엇보다 슬픔 내지는 우울한 감성을 지닌다. 경주 곳곳에 무덤들이 산재하다. 이곳 사람들의 삶터는 무덤 속이라 해도 과언이 아니다. 봉분 위에 나무도 그네들의 일상이라 여기고 그냥 두었던 건 아닐까.

고택에 짐을 풀고 한가로이 동네 산책을 나선다. 숙소인 고택 도봉서당 주변에는 크고 작은 고분이 여럿이다. 백 년 전에도 현재도 크고 작은 능들이 자리한 고택 마을. 이곳도 시선이 닿는 곳마다 무덤이 보이지 않는 곳이 없다. 기나긴 골목을 빠져나와도 사람이 살지 않는 듯 마을은 고요하다.

멀리 숲에 반쯤 가린 큰 고분이 보인다. 그곳으로 발길을 옮긴다. 한 남성이 저수지에 앉아 한가로이 시간을 낚는다. 나 또한 그와 별다를 바 없는 이방인. 무덤과 함께 생활하는 사람들과 섞이고자, 일부러 무덤을 찾아 달려온 것이 아닌가. 나의 모습도 고상한 문화기행처럼 보이나, 표면적으론 아이러니한 일이다.

고분과 고분 틈새로 녹음이 짙은 숲이 보인다. 그 모양이 흡사 녹색의 태양이 떠오르는 듯 착시가 일어난다. 곁에 나란히 자리한 네 개의 푸른 봉분들. 거대한 능과 능 사이를 걸어가는 사람들이 개미처럼 작아 보인다. 사람들이 그곳을 지나고 있는데도 정적인 느낌이 흐른다. 천 년을 넘나드는 공간이라 정녕코 작아질 수밖에 없는가 보다.

신비스러운 풍경이 펼쳐지는 저물녘. 봉분 주변에 갓 피어난 띠꽃이 하얗게 피어 잔디가 더욱 싱그럽게 다가온다. 둥글게 푹 퍼진 능 곁을 돌고 있으니 어머니 품속에 든 양 절로 편안해진다. 잠투정으로 찜부럭을 부리던 아이도 능 곁을 지날 땐 잠잠하다. 무거운 머리와 먹먹한 두 귀를 이곳 고요에 맡겨도 좋으리. 나 또한 아무도 모르게 능에 기대어 잠들고 싶다.

능원은 생명의 꿈틀거림과 주위가 멈춘 듯 고요함이 함께한다. 생과 사는 하나라는 것일까. 내 삶도 누군가의 곁을 돌고 돌다 어느 날 홀연히 사라지리라. 아니 태어나는 순간부터 죽음을 향하여 달려간다고 해도 과언이 아니다. 지구가 태양의 둘레를 돌듯, 달이 지구의 둘레를 돌고 도는 것처럼. 어느 날인가 적멸의 길로 들리라. 만남과 이별의 경계를 넘어선 곳, 능원에서 나의 아침은 시작된다.

숨죽은 듯 편안한 일상에선 파격의 묘를 느낄 수가 없다. 능원의 아침은 본연의 나를 깨우고 무딘 감성을 벼린다. 시간이 흐를수록 봉분에 뿌리박은 나무는 고목으로 자랄 것이다. 잠시 머뭇대는 나그네나 신기한 듯 나무를 보아줄 뿐, 사람들은 처음부터 그 자리에 있었던 듯 아무런 의문을 갖지 않으리라. 내 안에 잠재된 질긴 소명이 드디어 작은 소원을 이룬다. 이 느낌을 오래 갖고 싶은데 그대와 나를 찾는 벨소리가 길게 울린다.

- 『에세이문학』 2015년 봄호

기와의 서(書)

그는 시대별 기와를 꿰뚫고 있다. 그 앞에서 '망새'를 장황히 설명하였으니 그야말로 잘난 체가 아닌가. 기와에 관한 지식은 겨우 백제 기와 정도이다. 부끄러운 줄 모르고 흥에 겨워 독특한 기와를 보여 달라고 보챈다. 그는 조선 기와에 관심이 많았고, 지붕갈이 하는 곳마다 달려가 옛 기와를 톺아보고 수집하고 있단다.

자신의 휴대전화에 저장된 희귀한 기왓장 하나를 보여준다. 일반 기왓장이 아닌 기와 끄트머리에 뿔이 여럿 달린, 도깨비 문양의 웃는 형상이다. 생소한 기와를 보는 순간, 나의 언어와 호흡은 벌판을 달리는 듯 빨라지고 호기심이 가득한 아이처럼 목을 길게 내밀고 귀를 쫑긋거린다. 그러나 조선 기와 한 장으로 맛보기를 그치고 마니 감질날 뿐이다.

어찌하오리까

기호가 독특한 조선 기와이다. 말로만 들었을 뿐인데도 신선한 느낌과 상상력이 발동한다. 값비싼 저녁에는 관심 없고 그의 표정과 입술에 시선이 집중된다. 얼마 전 모 지역 열녀문을 내린 고택의 지붕 공사로 내린 옛 기와에서 발견한 것이란다. 호기심이 동하여 문자가 쓰인 기왓장을 보고 싶다고 부탁드린다. 그러나 아직 학계에 발표하지 않는 상태라 아쉽지만 현물을 보는 건 훗날을 기약하란다.

지붕 공사를 한 고택은 열녀문을 내린 집안이다. 그는 기와에 적힌 '어찌하오리까'란 한글 문자가 신기하여 집안의 내력을 조심스레 알아본다. 열녀문을 내린 가문답게 특별한 내용은 없었단다. 혼례를 올리고 얼마 지나지 않아 남편이 죽어 평생 수절하거나, 남편의 뒤를 이어 목숨을 초개같이 버린 여인의 절개를 기리어 세운 문이 열녀문이다. 기와에 의문형 문자를 적어 놓은 여인의 심경이 참으로 궁금하다. 그는 남편이 죽어 안타까움의 탄식이 아니냐며 말끝을 흐린다. 그도 의심쩍은 부분을 야기하자, 나 또한 이 문자에 관하여 궁금증이 거세진다.

불경한 생각이 머릿속을 휘젓고 놓아주질 않는다. 젊은 여인의 수절, 가당치 않다고 입속말로 중얼거린다. 그녀의 방문 앞에서 횃불을 들고 시위라도 하고 싶은 심정이다. 수절 과부 흔한 이야기 중 하나가 호롱불 앞에서 바느질을 여일 삼아 뻐꾸기 자지러지게 울어 제치는 밤을 지새운다는 둥, 뒤란 방문 틈으로 스민 진한 밤꽃 향기에 바늘로 허벅지를 찌르며 불면의 밤을 보냈다는 둥, 차마 발설하지 못할 여인의 생활과 남 말하기 좋아하는 사람들의 이야기로 남아있지 않던가.

나의 호기심은 머릿속에서 기와집을 짓고 허문다. 내가 머문 세상은 세계 이혼율 1위라는 불명예를 안고 사는 21세기. 지금도 오로지 '사랑' 하나에 목숨을 거는 이가 있을까. 있다면, 아마도 미담으로 남을 일이다. 열녀의 배경은 남존여비와 남녀가 유별한 고리타분한 관습에 얽매여 시대가 낳은 불행이라 할 수 있다. 요즘 시대에 누가 수절을 할 것이고, 생목숨을 버리기까지 하겠는가.

문득 힘난한 시대를 스스로 감내하다 짧은 생을 마친 허난설헌의 삶이 스쳐간다. 수절 과부는 아니지만, 그에 못지않은 허난설헌의 생애엔 인간의 목마름과 그리움을 표현할 수 있는 창구인 문학이 있었다. 그러나 어떤 것도 꿈꿀 수 없는 환경의 열녀는 규방에 박혀 일생을 어떻게 무엇으로 버텨냈을까. 툇마루에서 담장 너머로 보이는 세상을 한없이 그리워했을 것이다. 계절마다 피고 지는 꽃나무에 질곡의 세월을 한탄도 했으리라. 어느 날은 담장 너머로 보이는 준수한 선비의 자태에 가슴이 두방망이질하듯 뛰었겠지. 그리움의 감정을 옷깃에 꼭꼭 여미고 마당을 서성이는 날도 많았겠지. 이러구러 죽은 사람처럼 살아가는 여인네 심경을 어찌 말로 다하랴.

어찌하오리까, 한 줄의 짧은 의문 문자가 중의적 표현으로 들린다. 보는 이에 따라 다른 해석을 할 수도 있다. 남편을 일찍 여의어 애달픈 심정을 토로하는 표현일 수도 있고, 새로이 찾아든 애정의 씨앗을 품은 심경을 대변한 것일지도 모르리라. 당자當者만이 알 뿐이다. 혹자는 이런 이야기가 불경한 표현이라고 말할지 모른다. 21세기를 사는 후인답게 그녀가 청상과부로 수절하느니 이렇게라도 딱딱한 그녀의 심장을 심히 두드릴 이야기꽃을 선사하고 싶었다.

금궁禁宮

어느 고찰의 지붕에서 발견된 한자로 '금궁禁宮'이라 쓰인 옛 기와다. 스님들이 사는 사찰에 합궁合宮할 일도 없건만 '금궁'이라니 아이러니하다. 지인은 문헌을 찾다가 자료를 얻지 못하여 스님에게 찾아가 여쭸단다.

사찰에선 금기사항이다. 예방책으로 기왓장에 '금궁禁宮'이란 문자를 써 지붕에 올린 기와불사이다. 그리 말하니 더 궁금해지는 것이 사람의 심경이랴. 상대가 누구인지 물어보지 않을 수 없다. 믿거나말거나 한 이야기다. 대부분 자식을 점지해달라고 백일기도를 드리러 온 여인네와 스님이 사달이 난다나….

사랑에는 국경이 없다더니 사찰 안도 불사하나보다. 산사에 백일 동안 머물며 한솥밥을 먹는데 어찌 정이 들지 않겠는가. 여인은 기도를 드리러 오가는 법당이나 공양간을 지나며 스님을 여러 번 만났음직하다. 한 가지 염원으로 마음을 다하니 그 기운이 전류가 되어 흐르지 않겠는가. 인간의 마음은 다 비슷할진대 인내심이 한계에 달하고, 결국 '금궁'을 사수하지 못하고 사랑을 낳는다. 쉬 백일은 흐르고 여인은 떨어지지 않는 발길을 떼어 속세로 떠나간다.

산사의 사건은 둘만 아는 일이다. 간혹 탄로가 나 여인은 소박을 맞기도 한다. 백일기도를 마치고 돌아온 부인은 아이를 잉태하니 집안은 경사롭다. 그러나 아이의 성姓이 바뀌는 순간이다. 이 또한 부처님의 원대한 가피의 힘인가.

사랑, 사랑, 사랑 그것이 문제로다. 사찰이든 민가든 인간이 존재하는 한 사랑을 외면할 수 없는 일. 옷깃만 스쳐도 인연이라고 하지 않던가. '금궁'이든 '어찌하오리까'든 사랑 덕분에 살고, 사랑 때문에 죽는다. 이성간 인연은 본능의 성질을 띤 행위라 여겨야 하는가, 이 의문을 자연에서 찾는다. 꽃과 나무와 동물이 거행하는 자연의 질서를, 순리를 깨닫는다면 진리는 보이리라. 오로지 인간만이 보이지 않는 틀을 만들어 법률과 규율 안에서 억압하고 자유를 속박하는지도 모른다.

한 소설가는 "인간이 이야기의 숙주"라고 말한다. 인간이 바로 이야기라는 소리다. 이 세상에 인간이 존재하지 않는다면 이야기의 유전자도 없으리라. 이야기 없이 무미건조한 거대한 세계와 영겁의 시간을 어찌 건너갈 것인가. 생각만 해도 아득하다. 이야기 속 정신적 사랑과 기왓장에 담긴 어떤 불로도 녹일 수 없는 감정. 말도 많고 탈도 많은 인간 세상에 등장한 '웬수 같은 사랑'일지라도, 사랑은 우리에겐 꼭 있어야 할 명사다.

- 계간〈에세이포레〉 2016년 여름호 '앞서가는 수필'
〈한국실험수필〉 3집

여기, 천마 날다

말의 갈기와 꼬리털이 휘날린다. 속도가 얼마나 빠른지 찌를 듯 갈기가 곤두서 있다. 몸통에는 초승달 모양의 얼룩빼기 점이 보이고, 부리부리한 눈매에 콧김을 길게 내뿜는 백마. 그 기운이 생생하다. 말의 자태에서 누구도 막아서지 못할 위엄이 느껴진다.

선인은 말의 모습을 어찌 이리도 실제처럼 그릴 수 있을까. 몸 구석구석을 디지털 기기로 확대하여 톺아본다. 손을 내밀어 사랑하는 사람을 만지듯 영상을 느리게 더듬는다. 기린처럼 가는 목선과 유연한 등허리를 스쳐 완만한 산등성이 같은 엉덩이에서 숨을 고른 후에 아랫배 곡선을 따라 흐른다. 보는 이마다 환상적인 비율에 감탄하지 않을 수가 없으리라.

백마는 말다래에 그려진 천마문이다. 신라 시대 유물로 천오

백 년이라는 세월이 무색할 정도이다. 1973년 발굴되어 세상에 알려진 후 그 아름다움에 반하여 능묘를 천마총이라 이름하다. 천마도가 발굴되고 세상에 나오기까지, 아니 나를 사로잡기까지 장장 40년이라는 세월이 흐른 것이다.

말다래의 쓰임은 말을 타는 사람에게 진흙이 튀지 않도록 막아주는 마구란다. 말의 안장 아래 양쪽에 매달아 사용하였단다. 일반 말과 다르게 화려하게 치장한 말의 모습은 신령스럽게 느껴지기까지 한다. 그 기운이 뻗쳐 절로 하늘을 날았으리라.

백화수피제 천마문 말다래(국보 제207호)는 자작나무 껍질로 바탕 판을 만들어 그 위에 안료로 그린 백마이다. 천오백 년이란 시공간을 훌쩍 뛰어넘어, 천마를 그린 화가와 소통을 원한다. 그가 남자든 연세가 많든 직위가 높든 아무런 문제가 될 것이 없다. 내가 원하여 달려가 바라본 한 장의 그림은, 한 사람만 생각하게 한다. 대상을 읽는다는 것은 한 사람을 깊이 이해하고 교감하는 작업이다. 앎의 호기심과 거침없는 상상은 모르고 있던 해박한 지식이나 세상의 수많은 낯선 이야기를 알게 된다. 이기적인 얘기로 들릴지 모르지만, 나로선 이득만 보는 소통이다. 선인이 남긴 유물과 유산으로 많은 것을 공짜로 얻는 셈이 아닌가.

천마도가 내 앞에 있으니 그의 영혼도 여기에 있다고 믿는다. 세상 어느 예술작품 가운데 치유 아닌 것이 있을까마는, 표현의 심도는 작가가 닿은 영혼의 깊이에 따라 달라지리라. 눈에 보이지 않는 선인의 삶의 품격을 느끼고 싶다. 그들의 세상이 어떻게 돌아갔는지, 인간이라는 존재가 어떤 생각을 품고 살아갔는지, 말다래란 유물을 통하여 그의 세상을 알고 싶은 것이다.

천마天馬, 그는 왜 말에 날개를 달아준 것일까. 그림 속에는 날개가 없다. 그러나 갈기나 꼬리털, 네 발을 뜯어보면 날고 있는 듯한 형상이다. 말은 속도가 빠른 동물이다. 달리는 말도 모자라 하늘을 날고 싶은 욕망은 예전이나 지금이나 마찬가지인가 보다. 나 또한 삶이 지루하고 답답할 땐 으레 드넓은 하늘을 바라보며 날아보고 싶다는 충동인 적이 한두 번이 아니다.

천마를 본 사학자는 죽은 자를 하늘로 인계하는 신령스러운 말이라 추측한다. 아마도 죽은 자의 무덤에서 나왔으니 그리 해석도 가능하리라. 말도 인간도 발을 땅에 딛고 살아가는 동물이다. 하늘을 동경하는 일은 자연스러운 일이다. 인간의 욕망을 아는 하늘은 그것을 담고자 빈 가슴으로 비워두고 있는지도 모른다.

팔십 중반인 지인은 요즘 죽음에 관한 이야기를 자주하신다. 오랫동안 함께 한 어른이 죽는다는 생각을 해본 적이 없다. 주제를 다른 곳으로 돌리고자 멋진 삶을 살려면 어떻게 살아야 하느냐고 뜬금없는 질문을 던진다. 당신은 단박에 "열심히 공부하지 말 걸, 열심히 일하지 말 걸, 열심히 돈을 모으지 말 걸, 한 여자만 바라보지 말 걸."이라고 답을 한다. 이어 허탈한 웃음을 지으며 "잡놈 같은 소릴 한다."고 우스갯소리로 말을 맺는다.

참으로 의외의 답이다. 어른의 말씀이 여러 날 귓전에서 떠나지를 않는다. 노인의 선문답 같은 요지는 '모두 부질없는 일'이라 말하는 것 같다. 그의 말대로 굴레를 벗어나 자유로이 살아간다면, 과연 산 입에 풀칠이나 할 수 있을까에 대해 의문이다. 아마도 열심히 살지 말고 제대로 살라는 암시이리라. 이런저런 생각의 꼬리를 물다 천마를 만나러 간 것이다.

사는 모습은 예전이나 지금이나 별반 다르지 않은 것 같다. 누구나 한 번 살고 한 번 죽는다. 결국, 죽고 말 생인데 무얼 그리 애쓰느냐고 묻는 비관론자도 아니다. 그림은 새로운 삶을 위한 죽음이고, 현재의 녹록하지 않은 삶에 힘을 북돋우는 희망의 메시지가 아닐까.

인생은 짧고 예술은 길다고 했던가. 천마를 향한 후인의 더할 나위 없는 큰 찬사가 그 증거이다. 천마를 그린 화가는 신라인이다. 화랑의 기백과 개성미가 녹아 있다. 그의 영혼이 서린 작품에서 기운을 받아 다시 태어나고 싶다.

나와 눈을 맞춘 진품 천마를 오래도록 볼 수 없단다. 보존하고자 수장고에 들어가야 한다니 다시 볼 수 있으리라는 장담을 할 수 없다. 이 순간이 아쉬워 전시관을 맴돌다 두 눈에 담고 가슴에 담는다. 그래선지 천마는 여기에 있는 듯 나의 일상에 무시로 날아든다. 나의 감각은 헤겔이 말한 것처럼 '무한히 좋은 기분' 상태이다. 그의 메시지는 화학작용이 일어난 듯 세상을 출렁이며 퍼져 나간다.

- 계간 <에세이문예> 2014년 겨울호, '전설의 벽'

채움과 비움

힘이 빠지고 군살과 기름기를 뺀 글씨란다. 글씨는 문외한이
보기엔 그저 굵고 가늘다. 글씨에 무슨 살과 기름기가 있어 빼
단 말인가. 선생의 문화해설이 이어진다. 추사 김정희金正喜, 1786
년~1856년가 생의 마지막 무렵에 쓴 달관한 글씨란다. 여느 대련
과 비교하니 다르다. 글자 획을 굵게 내려 꺾거나 옆으로 비껴
치는 획이 끊어질 듯 이어진다. 마치 문을 여닫는 것처럼, 한
글자 안에서 획끼리 마주 보며 소통하는 듯하다.

추사의 고택 안채 기둥에 써 붙인 대련 앞이다. 댓돌 위에서
세로로 길게 쓰인 묵향이 짙게 흐르는 글씨를 바라본다. 나는
이곳을 서너 번 지인과 다녀갔지만, 오늘처럼 대련의 글씨와
내용이 나의 마음을 울린 건 처음이다.

大烹豆腐瓜薑菜　高會夫妻兒女孫

가장 좋은 반찬은 두부, 오이, 생강, 나물이고

가장 훌륭한 모임은 부부, 아들딸, 손자의 모임이다

대련에 쓰인 내용은 지극히 평범한 글이다. 가장 좋은 반찬이 고기나 생선구이가 두루 갖춰진 수라상이 아니다. 밭에서 흔하게 자라는 오이나 생강, 콩으로 만든 두부나 나물이 있는 두레 밥상이다. 그 밥상에 부부와 아들딸, 손자가 모여 앉아 함께 나누어 먹는 즐거움이 가장 훌륭한 모임이란다. 조선 최고 예술가의 입에서 나온 소리고, 생의 마지막을 준비하는 추사에게서 우러나온 말이라 더욱 놀랍다.

내가 생각하기에 가족을 떠나 자신을 대표하는 모임을 말했을 것 같다. 추사가 그리 말한 데는 이런 의미도 있을 것 같다. 집안이 편안해야 잡념 없이 글과 글씨가 물 흐르듯 써진다는 소리가 아닐까. 몸에 좋은 반찬으로 건강을 채우고, 가정을 평안히 이끌어 머릿속을 비워 작품에 몰입한다는 뜻일 것이다.

글쓰기도 마찬가지이다. 많은 이야기를 주절주절 늘어놓는 것보단 군더더기를 과감히 덜어내 주제를 드러내야만 한다. 기행수필이 그날의 일정을 서술하는 것이 아니다. 내가 보았던 대상 중 나의 가슴을 울린 것에 초점을 맞춰 주제화시켜야 성공할 수 있다.

추사의 젊은 시절 굽힐 줄 모르는 강한 성품이 글씨에도 드러난다. 봉은사 현판 '판전板殿' 글씨는 일전에 썼던 것과는 완연히 다르다. 글자 하나의 크기가 어린애 몸통만 한 대자로, '판전' 두 글자를 욕심 없는 필체로 완성한다. 이 글씨가 바로 추사의 절필이다. 인생 말년에 모든 것에서 해탈한 듯 마음을 비우고 쓴 것이다. 그리 보면 삶은 채움과 비움의 연속인가 보다.

인간의 삶도 비슷하리라. 곳간을 채우고자 아등바등 살아가는 것은 부질없는 짓. 정녕 땅보탬하러 갈 땐, 아무것도 가져가지 못한다. 자신이 좋아하는 일을 하며 늙어가거나, 틈을 내 고택을 한유하게 거닐며 문자 향을 느끼는 일. 이보다 더 행복한 일은 없다. 오늘은 예전처럼 동생들과 밥상에 둘러앉아 큰 양푼에 갖가지 나물과 보리밥에 고추장을 버무려 볼이 메어지도록 먹고 싶다. 절로 입맛이 돌아 세상 살맛나리라.

-계간 『에세이문예』 '전설의 벽' 연재수필

정주(定住)와 질주(疾走)

예전의 모습이 아니다. 밖으로 나서길 귀찮아하던 녀석이 아니던가. 거문오름을 두 시간째 걷고 있는데 힘든 기색이 없다. 쉼 없이 걷다 보니 갈림길이다. 언제든 거닐 수 있는 부드러운 능선길과 일 년에 한 번 열리는 거친 용암길이다. 아들은 머뭇거리지 않고 용암길로 가잔다. 오늘을 다시 맞을 수 있겠느냐는 것이다.

그 말이 나를 두고 하는 말 같아 뜨끔해진다. 맞벌이하며 두 아이에게 소홀했던 순간들이 스쳐지나간다. 혹여 스스로 창살 없는 감옥에 갇힌 양 시간을 낼 수 없는 상황을 만든 건 아닌지 돌아본다. 녀석에게 내가 필요할 때 부재일 때가 많았는데, 이제는 그런 상황이 면역되었단다. 미안해하는 나에 대한 아들의 배려인가. 녀석은 보란 듯 성큼성큼 앞서 걸어간다.

녀석이 외국물을 먹어선지 생각의 그릇이 넓어진 것 같다. 말과 행동에서 의젓함이 묻어난다. 아마도 낯설고 물선 곳에서 모든 일을 혼자 결정하고 살아서인가 보다. 어미란 사람은 스무 살 녀석을 미국에 보내 놓고 알아서 잘할 것이라 믿고 있다. 어릴 적부터 스스로 알아서 잘하기를 바라는 마음이 컸던 것은 아닐까. 아니 무언의 압력을 넣었는지도 모른다.

정주定住와 질주疾走에 삶의 대가인 다산과 연암의 삶이 떠오른다. 요즘 <열하일기>를 여러 각도로 분석하고 사색하여 펴낸 책들이 인기이다. 어찌 보면 연암의 일기는 외국 기행을 써놓은 책이다. 한 곳에 모여앉아 논하길 좋아하던 그 시대 선비들에겐 청나라 여행기는 파격이다. 그들이 가보지 않은 나라의 문화를 거리낌 없이 받아들이기엔 무리가 있었으리라.

다산 정약용조차 연암을 멀리했다고 한다. 그 당시 연암이 받았을 설움을 생각하면 안쓰럽기 그지없다. 하지만 그의 서양 문물 탐구를 향한 질주는 이렇듯 기록으로 남아 후인에겐 미래의 눈을 가진 신지식인으로 남는다. 두 분의 삶이 옳다 그르다는 소리가 아니다. 다산은 유배지에서도 무수한 서적을 남기지 않았던가. 극한 상황에서도 학문 탐구를 포기하지 않고 다산만의 삶의 역사를 펼쳐나간 것이다.

인간은 살아가면서 어떤 식으로든 선택의 갈림길에 서게 된
다. 부모는 자식이 남들처럼 곁에서 편안히 학업에 열중하기를
원한다. 그러나 아들의 고집을 꺾을 수가 없으니 어찌하랴. 대
부분 부모는 게임에 빠진 아이를 보고 불안해한다. 거기에다
인문고가 아닌 게임 전문 특성화고로 지원한다고 하니 학교에
서까지 말리는 상황이었다. 어떤 부모가 불확실한 미래로 달려
가는 자식을 바라보며 흔들리지 않을 수가 있겠는가.

우리 가족도 마찬가지다. 아이의 인생이 걸린 일이라 민감해
질 수밖에 없었다. 부모는 아들의 인생을 대신 살아줄 수 없기
때문이다. 고민하다가 나의 욕심을 포기하고 아들의 의견을 따
른다. 돌이켜보니 아들이 남다르게 고집이 센 점도 있으나 흔들
리지 않는 단호한 꿈을 간직하고 있었던 것이다. 부부는 아들의
성장을 곁에서 볼 수 없어 안타까우나, 한편으론 비상하는 새를
울안에 가두지 않은 걸 다행이라고 여기며 위로한다.

게임시장은 오 년 전과는 판다르다. 길거리나 전철 안에서도
휴대전화로 게임을 즐기는 사람들을 흔하게 볼 수 있다. 심지어
텔레비전에선 인기 배우를 앞세운 게임 광고가 황금시간대에

방영되고 있다. 정통부에서 청소년의 게임 시간을 단축한다고 분분했던 시절이 언제인가 싶을 정도다. 그 누가 이런 시대가 올 줄 알았겠는가.

현실에 집착한 부모는 아이의 정신적 내면세계를 보지 못하는 실수를 종종 저지른다. 더불어 자신이 살아온 시절과 비교하거나 자식이 자신의 소유인 양 조정 및 통제하려고 하니 소통이 더 어려워진다. 나 또한 그 시절 아들을 떠올리면, 지금도 가슴을 쓸어내린다. 부부는 아이의 꿈을 좌절시키지 않은 것을 다행으로 여긴다.

현재는 세계의 주요 뉴스를 손바닥 안에서 볼 수 있는 시대다. 빠르게 변화하는 국제시대를 맞아 당신의 자녀가 우물 안에서 성장하길 바라는 부모는 없으리라. 아이들이 어떤 상황에서든 꿈을 가지고 성장할 수 있도록 어른이 버팀목이 되어주어야 한다.

아이들이 제2의 연암이나 다산처럼 성장하길 바란다. 더 큰 물에서 다양한 체험과 자기 꿈을 원대하게 펼쳐나가길 바란다. 자신이 좋아하는 분야를 폭넓게 배우거나 익히길 원한다. 좋아하는 일을 평생 업으로 삶을 즐기며 살아간다면 바랄 게 없다.

아들은 타국에서 혼자 외로울 텐데 자신이 정한 길이라 그런지 힘들다는 소리를 한번 않는다. 거친 용암길을 성큼성큼 걸어가는 아들에게 다가가 말없이 등을 토닥인다. 아들의 건강한 뒷모습에서 밝은 미래를 엿본다.

-계간 <에세이문학> 2016년 봄호

묘계질서(妙契疾書)

현실과 이상을 넘나드는 사진전이다. 전장에서 목숨을 건 참혹한 현장을 적나라하게 기록한 사진과 이상적인 현실을 춤으로 생동감 넘치게 담은 사진이다. 두 전시회를 오가며 작가 간 세대 차이를 깊이 느낀다. 또한, 작가의 번뜩이는 사고와 순간 포착의 기록에 가슴이 두근거린다.

정민 작가는 '섬광 같은 깨달음이 흔적 없이 날아가기 전에 잽싸게 적는 메모'가 묘계질서妙契疾書란다. 예전에는 밭을 일구다가 순간 떠오른 생각을 오동잎과 감잎에 남겼다는 기록이 있다. 독서 중 메모를 하거나 호미질을 하다가 떠오른 생각을 나뭇잎에 적어 항아리에 담아두었다가, 시간 날 때 그것들을 꺼내 정리하여 책을 묶기도 했단다.

인간은 어떤 방법으로든 자신의 흔적을 남기길 좋아한다. 가장 오래된 기록은 구석기시대의 그림 알타미라 동굴벽화이다. 우리나라에도 울산 반구대 암각화가 있다. 어디 그뿐이랴. 21세기는 휴대전화기에 자신의 행적을 낱낱이 기록하여 SNS(Social Network Service)에 올리면, 언제 어디서나 만인이 볼 수 있다. 모두가 한자리에 모인 양 실시간으로 감흥을 나눈다.

그리 보면 사진도 하나의 기록물이다. 작가의 생각과 시대상을 적나라하게 보여준다. 예전엔 메모지와 펜, 작은 녹음기를 지니고 다녔다. 요즘은 휴대전화기 하나면 기록이 가능하다. 거기에다 난 무거운 카메라를 신줏단지처럼 안고 다닌다. 사진 찍기 금지한 곳에도 카메라를 가져가 주변 풍경과 포스터라도 담아 온다. 그때 느낌을 고스란히 간직하고 싶어서다.

카파는 전쟁을 싫어한 사진작가다. 그러나 그는 스페인 내전에서 인도차이나전쟁까지 다섯 번의 전쟁을 직접 취재한다. 몸서리쳐지는 전장에서 번뜩이는 시선으로 순간 포착한 카파의 사진들. 살벌한 전장에서 제 몸 하나 지키기도 어려운 지경 아닌가. 나 같은 사람은 상상도 못할 일이다.

카파의 전장 기록은 21세기를 사는 지구인에게 경종을 울린다. 전쟁의 참혹한 실상을 알린 사진전은 평화를 촉구하는 메시지가 아닐까 싶다. 군인이 총알을 맞고 뒤로 쓰러지는 모습을 담은 사진은 지극히 사실적이라 가슴이 에인다. 죽은 아이를 안고 걸어가는 아버지의 모습 또한 애처롭다. 존 스타인벡은 "그의 사진은 따뜻한 마음과 연민을 가지고 있다."라고 말한다. 남다른 정신과 인간에 대한 애정이 없으면 쉽지 않은 도전이며 행위이다. 미치지 않고서야 어찌 전장을 다섯 번이나 뛰어들 수 있으랴.

카파는 인도차이나전에서 지뢰를 밟아 숨을 거둔다. 폭음이 터지는 순간에도 그의 손에는 카메라가 들려있었단다. 1954년 작품 <지뢰밭의 군인들, 남단에서 타이빈으로 가는 도로, 인도차이나> 사진이 그가 마지막으로 남긴 기록이다. 카파의 사진이 전장의 현실을 사실적으로 표현했다면, 조던 매터의 사진은 상상을 초월한 사진전이다.

세대 차이가 난다고 해도 이렇게 다를 수가 있으랴. 조던 매터의 사진들은 한순간 포착으로 이뤄진 작품이 아니다. 주변의 풍경과 자신이 표현하고 싶은 주제를 구성하고 무용수와 호흡하며 같은 동작을 수없이 연출한다. 작가는 그런 행위를 즐기며 마음에 드는 사진이 나올 때까지 자신의 혼을 담아낸다.

기존 사진의 '낯설게 하기'한 작품이라고 말할까. 작품 하나 하나가 신선한 충격을 안겨준다. 보는 것만으로 일상의 지친 삶의 무게를 가볍게 해 줄 전시회다. 매터의 <우리 삶이 춤이 된다면> 전시회는 인간의 몸이 어떻게 움직이고, 어떤 형태를 띠는지 탐구하고, 재현한 사진의 기록이다. 대부분 무용수가 자신의 한계를 뛰어넘어 도약하는 사진들이다.

춤추며 생활한다면 어찌 신명이 나지 않으랴. 유모차를 몰며 새처럼 날아오른 여인의 사진을 보고 있자니 마치 내가 날고 있는 듯 몸이 가벼워진다. <전부를 던져야 사랑을 얻을 수 있다>는 작품은 무용수가 모래사장에서 뛰어올라 몸을 던져 두 팔을 쭉 뻗어, 파트너 위로 떨어지기까지 최대한 공중에 머물러 있었단다. 공중 부양하는 무용수들은 어떤 도구도 사용하지 않고 인체의 한계를 뛰어넘은 연출이라 더욱 작가의 진정성이 느껴진다. 무용수의 몸짓을 지켜보는 것만으로도 감동이었단다. 그래선지 관람자의 큰 감동을 불러일으키는 것 같다.

카메라가 없던 시절 조선 말기 학자 형암 이덕무1741~1793는 알아주는 메모광이었다. 그때그때 적어둔 자신의 메모를 모았다가 분류하여 묶은 책이 앙엽기盎葉記이다. 최근 정민 작가가 출간한 ≪오직 독서뿐≫도 오랜 메모의 결정체다. 옛 책을 읽다가 독서에 관한 메모를 해두었던 글을 모아 출간한 책이다.

나의 질서법疾書法은 짧은 메모와 사진 기록이다. 오늘도 글감이 될 대상을 사진으로 담고자 무거운 카메라를 들고 나선다. 동행이 여럿이면 대부분 일정이 끝날 때까지 단체 사진을 찍는 건 내 몫이 된다. 마음에 드는 사진을 찍고자 대상을 향하여 바쁘게 움직여야 한다. 그러다 보면 일행과 뒤처지기 예사고, 그들을 따라잡고자 몇 곱절의 땀을 흘린다.

탁상에선 지은 글은 생명력이 없다. 카파와 조던 매터처럼 작품을 위하여 온몸과 정신을 던져야 한다. 이덕무와 정민 작가처럼 다독과 메모광이 되어야 한다. 무의미하던 일상에서 벗어나 사물과 대상을 새롭게 만나야 '번쩍하는 황홀한 순간'도 만난다. 카파와 매터라면, 그 순간을 절대로 그냥 스치지 않으리라. 섬광처럼 빛나는 그것을 뇌 저장고는 물론 짧은 메모나 카메라의 셔터 위 손가락을 빠르게 움직여 기록하리라.

감흥이 사라지기 전에 동안 기록(사진과 메모)한 것을 펼쳐 놓고 글감을 정리한다. 사진을 여러 번 톺아보며 머릿속으로 오랫동안 글 구성에 몰입한다. 글의 뼈대에 그때 느꼈던 감흥을 살리고, 자료를 찾아 살을 붙인다. 사진과 정이 들 정도로 마음을 주다 보면 어느새 글 한 편이 완성된다. 나에겐 그리 낳은 작품이 여럿이다. 카메라 무게 때문에 어깨 통증이 일어도 이 작업을 포기할 수가 없다. 그 황홀한 기록을 어찌 포기하랴.

- 문인, 글쓰기의 특강 〈나는 글을 이렇게 쓴다〉, 윤재천 공저

* 묘계질서(妙契疾書) - 정민의 「18세기 한중 지식인의 문예공화국」 중에서

굴레

등에 감긴 루프를 벗겨 주고 싶다. 인제 그만 윤회의 굴레에
서 벗어나도 좋으리라. 인간을 위하여 수천 년 희생과 봉사를
다한 동물이 아닌가. 앙코르와트 왕궁이나 바욘 사원, 따프롬
사원 건축은 인간의 힘으로는 도저히 감내할 수 없는 돌무더기
석조 건축물이다. 앙코르와트 고대유적은 코끼리가 없었다면
상상도 못 했으리라. 고대 운반 및 교통수단이었던 돌 코끼리가
상징물처럼 서 있다. 그 형상이 안쓰러워 검버섯 핀 몸을 눈으
로 더듬다 등허리를 손으로 쓰다듬는다.

인간의 욕망을 채우고자 마구 부렸던 코끼리이다. 앙코르와
트의 회랑 긴 벽을 따라 조각한 고대 문화와 역사 속에도, 전장
에서 돌아와 머물던 코끼리 테라스 벽 조각에도 코끼리는 빠지
지 않는다. 코끼리의 노고를 알리고자 사원 한 귀퉁이에 코끼리

상을 조각해놓은 것 같다. 마치 루프를 친친 감은 코끼리 형상이 인간의 굴레에서 벗어나지 못한다는 암시처럼 느껴진다. 아니 인간은 마치 코끼리의 종족을 멸해야만 끝장을 볼 심산인 것처럼 느껴져 온몸에 전율이 인다.

인간도 '삶'이란 굴레를 쓰고 있다. 죽지 않는 이상은 어떤 모습으로든 살아가야만 한다. 가난의 삶을 벗어나고자 평생을 애쓰던 사람도, 정해진 운명을 개척하였다는 사람도 어찌 보면 굴레의 한 속 안이다. 인간은 '굴레'란 범주 안에서 크든 작든 '지지고 볶고, 발버둥을 치고' 살아가는 형상이 아닌가 싶다. 만약 신이 있어 인간의 세상을 바라보고 있다면, 욕망을 채우고자 펼치는 행위들이 얼마나 가소로울까.

나의 굴레 시작은 여성 성性을 지니면서부터가 아닌가 싶다. 삶이 내 의지와 다르게 결정되고 관습에 의하여 차별받는 상황은 어찌 설명하랴. 성차별로 마음의 상처를 입거나 행동의 제약을 받은 사람이 어디 한두 명이랴. 인간의 노력으론 가당치도 않은 일임을 뒤늦게 깨닫는다. 나 또한 이 땅의 할머니와 어머니가 겪었던 굴레의 길을 걷고 있다.

친정어머니는 딸들이 동네 아이들과 어울리는 것을 좋아하지 않았다. 외출을 나가실 때는 꼭 밖에서 대문을 잠그고 나가셨다. 밖으로 나돌지 말라는 암시였다. 하지만 동생은 반항아처럼 어머니의 말씀을 어기고 밖에 나가 놀다가 집안을 시끄럽게 하였다. 한번은 외출을 나간 어머니보다 동생이 먼저 집으로 돌아와 자매들은 한통속이 되어 거짓말을 하였다. 집안이 제발 조용하길 바라는 선의의 거짓말이었다.

바로 탄로 날 거짓말을 한 것이었다. 당신은 멀리 떨어져 있어도 천리안인 양 우리의 행동을 꿰차고 계셨다. 내가 아는 한 누구도 고자질한 적이 없는데, 거짓임을 미리 알고 벌을 내리시는 거였다. 난 동생들 덕분에 벌쓰는데 이골이 났고, 성장하는 내내 맏이란 굴레 안에서 자유롭지 못했다. 그날도 당신은 늘 그랬듯 '동생 하나 제대로 지키지 못하느냐'고 단단히 꾸중을 듣고야 사태는 진정되었고, 집안은 절집처럼 고요 속에 잠겼다.

성인이 되고야 그 의문이 풀렸다. 어머니가 대문을 나설 때 싸리비로 마당을 쓸고 나가신 거였다. 정갈히 비질한 마당에 발자국을 남겼으니 탄로가 날 수밖에 없었던 것이다. 당신은 한 몸처럼 거짓을 고하는 딸들이 얼마나 미웠을까. 돌아보니 어머니는 딸들에게 소중한 추억을 남겨 준 것이다. 대문 앞 싸리비 비질 사건은 자매들에게 가장 많이 회자되는 이야기이다.

어머니는 당신만의 방법으로 딸 여섯을 온실 속 화초처럼 애지중지 키우셨다. 나는 어머니의 양육 방법이 마음에 들지 않았다. 딸들이 세상과 소통을 원하지 않는 것처럼 보였고, 울안에 갇힌 짐승처럼 늘 갑갑하였다. 동생처럼 밖으로 나갈 용기는 없어 속으로만 더욱 아우성을 쳤던 것 같다. 그 갑갑증은 성인이 되어도 마찬가지였다. 훗날 딸을 낳아 키우며 당신의 입장을 어느 정도 이해하게 되었다.

시선은 다시 고대 건축물과 조형물에 머문다. 인간의 힘으로는 도저히 상상도 못할 규모의 사원도 놀랍지만, 수천 년 전 고대 유적이라는 것에 더욱 믿기지 않는다. 대부분 사원은 신에게 바치고자 지은 건축물이란다. 신들이 머무는 공간이라 생각하니 공기마저 다르게 느껴진다. 또한 한 귀퉁이에 세워진 코끼리마저 하찮게 넘겨버릴 수 없는 심오한 의미와 상징성을 지닌 듯싶다. 이곳을 신들의 도시라고 불리는 것도 여기에 있나 보다.

코끼리는 살아있는 화석이다. 사원을 찾는 사람들은 한 번쯤은 코끼리의 노고를 떠올리며 고개를 숙여야 할 듯싶다. 앙코르 와트는 한때 세계 7대 불가사의에 지정되었던 유적이다. 과거 역사와 문화가 화려한 데 비하여 후인의 생활상은 너무나 곤란 하다. 거리에는 자신보다 어린 동생을 안고 일 달러만 달라고 애걸하는 소녀들을 바라보고 있자니 가슴이 아프다. 가정과 직 장을 오가며 신세 한탄하며 구시렁거리던 내 모습과 겹쳐진다. 나의 굴레와는 다른 삶의 무게가 무겁게 다가오는 순간이다.

앙코르와트는 일상의 굴레를 벗어나고자 찾은 여행지이다. 루 프를 친친 감은 코끼리와 스러져가는 사원의 흔적을 바라보며, 굴레란 내가 만든 허상의 공간이 아닐까라는 생각에 다다른다. 사람들이 원하는 돈과 명예, 권력 등 무언가 얻고자 지키고자 애쓰는 것들 또한 '굴레'의 속안이 아닐까 싶다. 발버둥 칠수록 또 다른 굴레에 갇힌다는 걸 모르고, 인간은 어리석게도 반복하 며 살아가는 것이다. 무작정 달려온 이방인을 바라보는 탑 보살 님만이 굴레의 해답을 알고 있는 듯 해탈의 미소를 짓고 계신다.

- <계간수필> 2016년 겨울호

사랑은 그런 것이다

차마 발걸음이 떨어지지 않는가 보다. 가다가 돌아보고 가다
가 또 돌아본다. 옷소매로 눈물을 훔치는가 싶더니 이내 꺼이꺼
이 울음소리가 들린다. 간헐적으로 들리던 울음소리가 점점 높
아진다. 아예 눈밭에 풀썩 주저앉아 '할아버지 불쌍해서 어떻게
하느냐.'라고 설움에 겨워 흐느끼는 할머니. 눈이 하얗게 내린
깊은 산 속에 자리한 할아버지 묘지와 통곡하는 할머니의 모습
이 화면을 가득 채운다.

스크린엔 영화의 끝을 알리는 이름들이 자막으로 흐른다. 관
중은 자리에서 바로 일어서질 못한다. 여기저기에서 훌쩍이는
소리가 들린다. 할머니의 목멘 듯 울음을 삼키는 소리가 이어져
더욱 감성을 자극한다. 사람들은 손수건으로 눈물을 닦거나 붉
게 충혈된 눈으로 영화관을 나선다. 아예 손수건으로 입을 틀어

막고 나서는 사람도 보인다. 배경으로 흐르던 할머니의 울음소리는 집까지 따라와 귓전을 서성거린다.

손수건이 없으면 볼 수 없는 영화이다. <님아~>를 보러 가려면 손수건은 필수 지참물이다. 감성과 눈물이 메마른 사람에게 추천하고 싶다. 눈물이 없다는 건 감성이 메말랐다는 것, 마음의 여유 또한 없다는 소리일 것이다. 하긴 눈물을 흘릴 새가 없도록 강요당하는 사회가 아닌가. 물질 만능을 부추기는 삭막한 속에서 참 오랜만에 만나는 신선한 감동과 눈물샘을 자극한 영화다.

영화 <님아, 그 강을 건너지 마오>는 사랑의 본질과 진정성을 보여준다. 두 분의 삶이 사랑의 정석을 보여주는 듯하다. 폭력과 공상물이 난무하는 영화 속에서 산골 노부부의 사랑이 대성공을 거둘 줄 누가 알았겠는가. 우리 사회엔 아직 순수 사랑을 읽을 줄 아는 마음이 있다는 것에 감사한다. 영화 한 편의 위력은 참으로 크다. 너도 나도 영화 이야기를 하며 우리가 어떻게 살아가야 할 것인지를 자문하는 분위기이다. 세상에 따스한 물줄기가 흐르는 듯 훈훈한 기운이 감돈다.

실제 노부부가 사는 모습은 젊은 시절 나누던 해맑은 사랑놀이 같다. 마당에서 비질을 하다가 할머니에게 낙엽을 뿌리는 장면이나, 냇가에 돌을 던져 할머니를 놀리던 짓궂은 장면은 웃음을 터트리게 한다. 서로 알뜰살뜰히 챙기는 마음이 노부부의 눈빛과 몸짓에서 절로 느껴진다.

산골 노부부의 사랑이야기는 감동 그 자체이다. 딱딱한 가슴에 불을 지피며 두 눈에 뜨거운 눈물이 절로 흐르게 한다. 진정한 사랑은 돈과 명예, 권력이 아니다. 헛된 욕망은 꿈꿀 필요도 없다. 순리대로 살아가는 것이 행복 그 자체라는 듯 순박한 부부의 삶이다.

네덜란드에 노부부의 사랑에 견줄 만한 사연이 있다. 상징탑처럼 서 있는, 죽어서도 손잡은 묘지이다. 담장 하나를 사이에 두고 손을 맞잡은 두 개의 묘지는 누가 봐도 낯설게 느껴지리라. 그러나 묘지의 사연을 알게 되면 감탄하며 고개를 절로 끄덕이리라. 묘지의 주인공은 부부다. 생전에 서로를 매우 극진히 아껴주었고, 죽어서도 함께하길 간절히 원했다.

그런데 부부는 서로 종교가 달랐단다. 19세기에는 종교가 다르면 합장은커녕, 다른 종교에 대하여 배타심이 컸다. 그 모습을 지켜본 지인들이 생각 끝에 담장 양쪽 맞닿은 곳에 두 사람의 묘지를 각각 만들었다. 묘비를 담장 위로 높게 키워 서로 손잡게 하였다. 그들의 간절한 바람이 이뤄진 것이다. 부부의 사랑이 얼마나 컸으면 그들의 바람이 사람들의 마음을 움직였을까. 조건 없는 진정한 사랑이 종교와 벽을 뛰어넘은 것이다. 죽어서도 손잡은 묘지는 '사랑은 그런 것이다.'란 걸 상징하는 본보기가 아닐까싶다.

부부는 한 곳을 바라봐야 한다. 생텍쥐페리도 "사랑이란 서로 마주 보는 것이 아니라, 둘이서 똑같은 방향을 내다보는 것이라고 인생은 우리에게 가르쳐 주었다."라고 말한다. 서로 다른 곳을 바라보고 있다면, 마음은 두 갈래 길. 매사에 자신의 주장만 내세우다 이견이 좁혀질 리가 없다. 평생 멀고도 험한 길을 혼자가 아닌 둘이라면 외롭지 않으리라. 둘이 함께 짐을 나눠진다면 한결 수월히 걸어가리라.

사랑하기에도 모자란 세상이다. 요즘 성격이 맞지 않는다고 이혼하고, 살기 어렵다고 가족이 자살하는 건 모두가 사랑이 부족한 탓이다. 시대가 아무리 바뀌어도 변하지 않는 것이 있다. 사랑하는 사람들은 표정과 말투에서 행복감이 묻어나 숨길 수가 없다. 조촐한 삶에서 보여준 노부부의 사랑은 무미건조하게 살아가는 현대인에게 심금을 울린다. 영화를 보며 미숙한 내 사랑과 가슴의 온도를 체크하는 하루이다.

- 충청타임즈, '생의 한가운데' 2015년 1월 18일

제 4 부

삶의
결

내 안에 봄꽃은

봄꽃들이 아우성이다.
매화, 개나리, 목련화 어린 꽃봉오리
톡톡,
팡팡,
툭툭,
꽃망울 터트리는 소리
세월만 좀먹는
내 안에 봄꽃은 언제 터지려나.

몸으로 쓴 시(詩)

　겨울을 맞느라 산중과 도시는 수선수선하다. 계절은 소리 없이 배턴을 이어받는다는 말은 거짓이다. 낮은 산까지 뒤척이며 내려온 단풍을 바라보다 참다못한 사람들은 산중으로 들어간다. 조락의 계절을 온몸으로 느끼고자 도로 위에서 시간을 없애도 기꺼이 감수한다. 낙엽이 나무 발치에 수북이 쌓이면, 집집마다 너나없이 김장 날을 잡는다. 바야흐로 겨울이다.

　김장이 끝나면 몰려올 동장군도 무섭지 않다는 생전에 당신의 말씀이 떠오른다. 지금은 흔적 없이 사라진 기와집 앞마당에 펼쳐진 김장을 담그는 풍경과 유년시절의 풍성했던 기억을 되살린다. 울타리에 미루나무가 두 그루가 말쑥하게 서 있고, 장독대의 항아리들은 사철 윤기가 잘잘 흐른다. 수돗가 펌프 옆에는 커다란 '고무다라'에는 소금에 절인 배추가 산처럼 쌓여 무7

너질 것 같다. 앞마당과 부엌으로 다사분주히 움직이는 어머니와 배춧속을 넣는 아주머니들의 환한 모습이 어른거린다.

지금은 상상도 못할 풍경이다. 동네 어른들은 서로 약속이라도 한 듯 품앗이로 이웃집을 돌아가며 김장을 돕는다. 소금에 절인 배추를 씻으며 아주머니의 걸쭉한 수다로 동네는 조용한 날이 없다. 배춧속을 채우며 그동안 못다 푼 감정도 풀고, 누구네 흠담도 함께 쓱쓱 버무린다. 동네는 김장 축제로 살뜰한 정情을 쌓느라 흥겹다.

마침 '어머니에게 겨울 배추는 詩다'라는 정일근 시인의 시詩를 음미하다 그만 그리운 감정이 복받친다. 이틀 전에도 돌아가신 어머님의 얼굴이 잘 생각나지 않는다고 우울했는데, 마침 지인에게서 어머니의 삶과 꼭 닮은 시詩를 배달 받은 것이다. 누구도 어머니, 당신에게 배추를 일구라고 일부러 시킨 일이 없다. 당신은 몸소 식구들의 겨울 양식을 위하여 어린 모종을 심어 속이 꽉 찬 배추를 수확하기까지 '손등 갈라지는 노역의 시간'을 겪어낸 것이다.

어머니가 온몸으로 쓰신 시詩를 아니 당신의 삶을 누구도 제대로 알아주지 않았다. 사람이 읽지 않는 시詩를 '자연의 친구가

읽고 간'다는 시어에 읽지 않는 사람이 나인 양 움찔한다. 자식
은 텃밭에 심은 배추가 저절로 배춧속 포기를 늘리고, 김장도
저절로 되는 줄 알고 있다. 노력 없이 얻어지는 게 어디 있던가.
어머니는 험난한 시대를 건너가느라 그 힘겨움을 혼자 삭히고
자, 밭고랑에 주저앉아 자연의 친구에게 속 얘기를 부려놓았는
가 보다.

<어머니의 배추>란 시를 만나기 전까지 당신이 애써 지은 '몸
으로 쓴 시'로 내가 성장했다는 걸 미처 몰랐다. 겨우내 자식들
의 주전부리로 그 시詩를, 아니 김장독을 다 비운 것을 이제야
깨닫는다. 겨울 깊은 밤 어머니는 속이 헛헛하고 '굴품'한 것을
어찌 알고, 방금 구운 군고구마에 살짝 언 동치미와 김장배추를
김칫독에서 꺼내온다. 자매들이 따스한 아랫목에 모여앉아 즐
기던 군고구마와 김치 맛은 그야말로 꿀맛이었다. 그 시절엔
엄동설한도 두렵지 않았고, 마음만은 그 누구도 부러울 것이
없었다. 신혼 초 맞벌이하느라 애쓴다고 김치를 담가 보내주시
던 당신의 마음과 손맛이 새록새록 사무친다.

오늘의 시詩맛은 약간 맵고 칼칼하다. 김장배추에 어머니의
깊은 사랑과 애환이 느껴져서인가 보다. 당신이 담근 김치를

김이 오르는 따스한 흰밥에 올려 밥 한 그릇 뚝딱 비우고 싶은 날이다. 그러면 절로 행복감이 밀려올 듯싶다. 불러도 대답 없는 어머니, 당신의 이름을 목 놓아 불러본다. 어머니의 특유한 손맛이 눈물이 나도록 그리운 겨울이다.

- 『그린에세이』 2017년 1,2월호

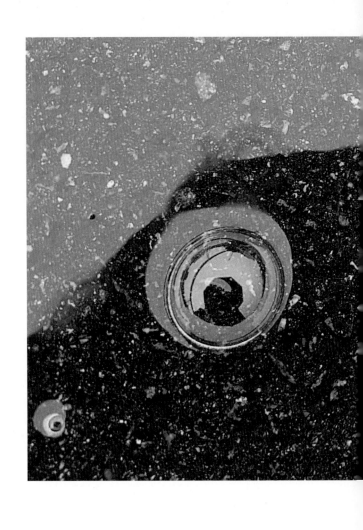

깸

갑자기 빗줄기가 쏟아진다. 우산을 받쳐도 가랑이가 젖을까 신경이 쓰인다. 자연스레 물이 고이지 않은 곳으로 이리저리 살피며 걷게 된다. 바닥을 살피다 보니 군데군데 부유하는 물방울이 보인다. 물줄기를 따라 흐르지 못하고 물방울들이 바닥에 겉돌고 있다. 무리와 어울리지 못하는 이유가 궁금하다.

물방울을 톺아보니 그 속에 내가 있다. 우산을 어깨에 얹고 쪼그려 앉아 있는 검은 그림자 형상은 바로 내 모습의 축소판이다. 초점을 달리하여 다른 물방울을 바라보니 거기에도 내 형상이 보인다. 지름 일 센티미터 남짓한 투명한 물방울이 세상을 품고 있다. 그 속에 내가 모르는 세상이 있다는 걸 새롭게 알게 된다.

내 그늘에 갇힌 물방울은 숨소리도 내지 않는다. 처음 보았던 그 모습 그대로이다. 더욱이 나와 함께 우산을 쓰고 있지 않은

가. 뚫어지게 바라보다 한발 물러나 그의 형편을 살핀다. 아마
도 저들은 여느 빗물처럼 지기지우知己之友와 넓은 세상으로 흘
러가고 싶으리라. 하지만, 세상과 하나가 되는 일이 어디 쉬운
일이랴. 문득 사회 초년생인 딸아이의 말이 떠오른다.

딸애는 귀가하여 나에게 자신의 일과를 조잘거린다. 직장생
활은 긴장의 연속이고, 상황마다 어떤 대처를 해야 할지 모르겠
단다. 취업 준비 시절 겪던 마음고생은 이제 끝났다고 여겼는
데, 다시 시작이란다. 딸은 예전보다 강도가 열 배 이상 힘겹다
며 엄살을 부린다. 난 그럴 때마다 "남의 돈 벌어먹기가 어디
그리 쉬우냐. 호락호락하지 않는 게 세상살이야."라고 한마디
툭 던지고 딴전을 피운다.

딸에게 틈틈이 나의 경험담을 들려주나 시큰둥하다. 딸은 예
전과 지금 상황은 많이 다르다고 말한다. 한마디로 세대 차이가
난다는 것이다. 하지만 어디 그런가, 세상을 살아가는 이치는
예전이나 지금이나 별반 다를 게 없다는 게 나의 지론이다. 지
금 나의 훈수를 귓등으로 흘리는 것 같지만, 다 듣고 있으리라.
자신의 어려움을 알아달라고 아양을 떠는 것이다. 어미 속은
안쓰럽지만, 어쩌겠는가. 스스로 헤쳐 나가야 할 세상이다. 무

엇보다 동안의 생활을 깨트리고 새롭게 적응하지 못하면, 도태되거나 그 자리를 떠날 수밖에 없다.

학창시절과 직장생활은 많이 다르다. 직장생활 삼십여 년 지내고 보니, 학교에서 배운 이론들은 별로 쓸모가 없다는 걸 알게된다. 사회생활 초년에는 어린아이가 걸음마 배우듯 한 걸음 한 걸음 배울 수밖에 없는 상황이다. 눈치코치가 빠른 사람은 빨리 배우고, 감각이 더딘 사람은 선배의 눈총을 받으며 눈물과 콧물 흘리며 더디게 나아간다. 기업에서 출세하기 위해선 직장 상사의 눈치도 보아야 하고, 제 일도 실수가 없도록 철저히 챙겨야 하리라. 기존 자아를 부수는 희생과 다른 나를 품어야만 한다.

상념에서 벗어나 바닥에 겉도는 물방울에 시선을 둔다. 순간 놀라운 광경을 맞는다. 방금 투명한 물방울이 터진 것이다. 그것도 같은 종족인 새로운 빗방울의 도전이다. 서로 온몸으로 부딪더니 사정없이 터지는 것이 아닌가. 이전의 형체는 흔적없이 사라지고 물줄기에 합류하여 유유히 흘러간다. 타자의 도움으로 물방울의 형체는 깨지고 '물'이란 세상 속으로 스며든 것이다.

그리 보니 우리는 깨지기를 반복하며 살아간다. 깨야만 진짜 인생을 살 수 있다. 딸애의 직장생활도 마찬가지다. 그동안 지닌 사고의 틀은 깨트리고 새로운 생활에 익숙해져야만 한다. 어디 그뿐이랴. 어떤 상황에서든 나 혼자만 잘살면 된다는 식의 이기적 발상도 깨야만 한다. 상생을 원한다면, 밥그릇 싸움도 그만 하자. 무엇보다 재물의 힘으로 '갑질'을 일삼는 자에 깸의 철학을 들려주고 싶다.

인간은 어떤 식으로든 관계를 맺고 지낸다. 문득, "스스로 껍질을 깨트리면 병아리고, 누군가 껍질을 깨주면 프라이야"라는 시가 떠오른다. 병아리든 프라이든 깨주고 깨트리는 관계 속에서 삶을 영위한다. 살기가 어려워 삶을 포기하는 이가 늘고 있다는 소식이다. 참으로 안타깝고 슬픈 일이다. 굳어진 사고와 생각을 고쳐먹기가 말처럼 쉽지 않다. 그래도 절망이나 두려움에서 벗어나 잠시 '깸'의 진리 안에서 쉬어가길 원한다.

부유하던 물방울이 새로운 세계로 유유히 흐른다. 길 위에서 '깸'으로 하나가 되는 진리를 터득한다. 빗속에서 세상을 살아가는 이치를 깨치는 우雨요일이다.

- 『수필미학』 2016년 여름호

단심(丹心)

생애 처음 받아 본 통 큰 선물이다. 자동차에서 내리는 덩치 큰 항아리를 보고 입이 다물어지질 않는다. 은사님은 제자가 아프다는 소식을 듣고 홍시를 여남은 개가 아닌 일 미터 남짓한 배불뚝이 항아리 통째로 보낸 것이다. 뚜껑을 여니 홍시 빛깔이 주홍빛 노을처럼 부드럽고 곱다. 한 점 티 없이 붉고 부드러운 것이 그분의 성정을 보여주는 듯하다. 제자에게 무한정 베풀며 어떤 일이든 열정을 다하는 은사님이다.

홍시가 가득 담긴 항아리를 보며 단심丹心이란 단어가 떠오른다. 처음 맺은 인연과 마음이 변하지 않고 살고지고 한다는 건 쉽지 않은 일이다. 그 인연이 부부든 타인이든 사람의 관계란 가까울수록 흉허물이 보이고, 단점이 드러나면 그 사람에게 느꼈던 좋은 감정도 퇴색하기 마련이다. 그 인연의 끈을 변함없이

이어가고자 이해와 배려하는 마음의 자세가 필요하다.

단심은 감나무 밭에도 존재한다. 먹감을 따러 간 그날, 감나무의 전 생애가 떨림으로 다가왔다. 일편단심으로 마감하는 나무가 바로 감나무라는 걸, 단풍이 감나무 밭에서 시작된다는 걸 알게 된다. 일본의 선승이자 시인인 료칸 선사는 임종에 이르러 "겉도 보이고 속도 보이며 떨어지는 단풍이여"라고 자신의 전 존재를 규명하는 하이쿠를 남겼다. 이 시詩는 "무엇을 보느냐, 어떻게 보느냐"의 차이며, 어떤 대상이든 제대로 보고 느끼라는 소리일 게다.

감나무는 한 몸으로 피고진다. 여름날엔 잎과 열매가 푸른 빛깔로, 가을엔 붉은 잎과 붉은 열매로 자신을 표현한다. 바람결에 감잎이 우수수 낙엽으로 스러져도, 눈먼 까치를 구제하고자 붉은 감으로 공중에 현현하게 존재한다. 누군가에게 사심 없이 바치는 마음, 바로 단심丹心이 아닐까 싶다. 홍시가 손안에 들거나 목구멍으로 넘길 때 작은 의식이라도 치러야 할 것만 같다.

그날 별로 한 일도 없는데 녹봉인 양 먹감 한 상자를 이고 돌아온다. 작은 장독 두 개를 사와 감 사이사이에 지푸라기를 켜켜이 깔아 정성스레 안친다. 뇌리엔 벌써 무르익은 붉은 홍시를 백자 도자기에 한 알씩 꺼내 놓는 형상이 눈앞에 선하다. 감꼭지를 떼고 칼로 두 등분하여 노란 심지를 발라낸다. 이어 입안에 시원 달콤한 홍시가 살살 녹아들며 감탄사 연발하는 내 모습. 생각만 해도 군침이 돌고 사라졌던 입맛이 돌아온다. 그러나 상상일 뿐이다. 무엇이 문제인지 홍시의 맑은 빛깔은 어디 가고 푹 물러 거무튀튀한 것이 보기만 해도 식감이 떨어진다. 맛 또한 이상하다. 올해 홍시 만들기는 실패로 돌아간다. 이 또한 처음부터 제대로 배우고 깨우치라는 소리인가 보다.

단심이 부족한 탓이다. 감 선정과 통기성 좋은 장독 고르기, 날씨도 한몫하는 등 홍시로 무르익을 때까지 세심히 살필 것들이 많다. 은사님께서 장독째 홍시를 보낸 걸 보니 아마도 나의 실력을 짐작하셨던 건 아닐까. 거저먹기에 염치가 없지만, 장독만 봐도 흐뭇하고 든든하다. 동장군이 납신 날, 야밤에 출출하여 항아리에서 살 언 홍시를 꺼낸다. 은사님의 정성이 느껴져 찬 것을 먹어도 훈훈한 겨울밤이다.

- 월간 『좋은 수필』 2017년 2월호

시간을 거스르는 남자

오름과 내리막 경사가 가파른 새별오름 정상에 서 있다. 땀을 흘려 높은 정상을 오른 만큼 제주의 수려한 경치를 마음껏 누린다. 능선을 조심스레 거의 내려오던 중이었다. 어디선가 귀에 익은 음악이 들린다. 때 아닌 악기 연주라 반갑다. 저무는 태양 빛이 강하여 앞에 보이는 실물이 그림자처럼 형체만 아른거린다. 대상을 가까이 보고 싶은 마음에 걸음은 절로 빨라진다.

거대한 오름을 홀로 등지고 앉아 악기를 부는 남자다. 초록 풀로 뒤덮은 오름과 호소력 넘치는 음률의 조화는 보기 드문 한 폭의 명화이다. 그 앞을 스치는 사람들의 호흡도, 걸음도 한 박자 멈췄다가 아쉬운 듯 돌아보며 스쳐 지나간다. 그의 모습에 감동한 나는 두 손을 가슴께 모으고 망부석이 된 양 서 있다.

다시 볼 수 없는 특별한 장면을 놓칠세라 허락 없이 사진을 찍고 만다.

남자는 밖으로 얼마나 나돌았는지 얼굴과 피부가 까무잡잡하다. 연주가 끝나고 허락도 없이 사진을 찍어 미안하다고 말하자, 남자는 뜬금없이 새별오름은 가을에 와야 한다고 동문서답이다. 남자는 악기를 조심스레 앉았던 의자에 내려놓고 트럭으로 다가간다. 좌판에서 손바닥만 한 조개껍데기를 들어 올려 윤기가 잘잘 흐르는 안쪽을 가리킨다. 억새가 우윳빛 조개껍데기 빛깔로 억수로 피어날 때 다시 오란다. 그래야 새별오름의 진풍경을 볼 수 있단다.

그는 새별오름 예찬론자는 아닌 듯싶다. 그리 생각하자 남자의 삶이 더 궁금해진다. 좌판에 늘어놓은 못난이 진주 팔찌를 가리키며 파는 거냐고 묻는다. 이어 "왜 이런 곳에서 트럼펫 연주를 하느냐?"고 질문하며 진짜 궁금증을 풀 셈이다. 그의 이런 행위는 '계획된 유랑의 삶'이란다. 하지만, 그의 대답이 호기심을 부풀린다. 나의 눈빛에 동했는지 지갑을 펼쳐 아무도 주지 않은 명함이라며 건넨다. 제주도 작은 호텔을 경영하는 남자는 오랫동안 꿈꾸던 자신의 삶을 사는 것이다. 악기 연주와 명함

한 장에서 그의 생애가 파노라마처럼 스쳐 간다.

시간을 거스르는 남자이다. 바닷가에서 동살을 마주하며 악기를 불고, 저물녘에는 오름을 찾아 악기 연주를 즐기는 낭만 아저씨다. 문득 《장자》 잡편 〈어부漁夫〉에 실린 공자의 깨우침이 떠오른다. "그늘에 들어가야 그림자가 쉬고處陰以休影, 고요한데 머물러야만 발자국이 쉰다處靜以息迹." 자신을 따라다니는 그림자와 발자국은 열심히 뛸수록 더 따라붙는다. 그래, 당신은 왜 이리 바쁘게 사는가? 그렇게 뛴다고 온 세상이 당신의 차지가 되는가? 영혼 없이 바쁘게 앞만 보고 헐떡거리며 살지 말라는 의미이다. 잠시라도 쉬어가며 자기 내면을 들여다보라고 나에게 말하는 듯싶다.

그의 음악에 도취한 덕분인가. 아니면 새별오름 능선에서 느낀 감정이 살아나서인가. 돌아가는 발걸음이 새털처럼 가볍다. 제주에 유배 왔던 조선 중기 정치가 송시열은 '하늘 바깥天外'이라 부르며 슬퍼했지만, 제주는 참으로 슬프도록 아름다운 섬이다. 석양이 내려앉은 오름이 그려내는 부드러운 능선과 노을빛 어린 풍경들이 펼쳐지는 곳이다. 능선을 오르는 여행자의 가슴

을 유연하게 흔들고, 살갗을 스치는 제주 바람은 더없이 시원하
다. 유배지에 위리안치 된 노 정치가의 한숨 어린 제주의 역사
와 무관하게 하늘 바깥을 즐기는 사람들의 표정은 더없이 맑고
밝다. 나 또한 조금 전에 약 75도 경사진 새별오름 오르막을
허정거리며 오르던 시간의 기억을 흔적 없이 지운다. 아니 즐거
운 추억으로 간직되는 순간이다.

내 안에 어린 오름의 감정이 식지 않도록 껴안고 주차장으로
내려온다. 작은 트럭에 붙은 플래카드에 적힌 '아이스커피'란
문구가 시선에 닿는다. 식구들에게 길거리 커피를 마시자고 제
안한다. 커피를 주문하고 기다리는데 흥겨운 음악이 흐른다. 내
어깨가 절로 들썩여지며 팔을 올려 춤추는 시늉하며 장난기가
발동한다. 지금부터 춤을 추지 않는 사람이 커피값을 내는 거라
고.
몸치인 나부터 음악에 몸을 맡긴다. 누가 봐도 막춤이리라.
나의 엉성한 몸짓에 주위는 한바탕 웃음꽃이 피어난다. 표정
없이 묵묵히 커피를 내리던 트럭 여주인도 덩달아 해맑게 웃는
다. 시간을 거스른 남자의 음악 선물은 강한 마력이 있다. 덕분

에 '저녁하늘에 샛별과 같이 외롭게 서 있다.'는 새별오름도, 나 그네도 더는 외롭지 않다.

- 격월간 <그린에세이> 3,4월호

퍼주고 베풀어라

아직은 초록이 무성한 돌담길을 돌아 뜰 안으로 들어선다. 내가 밟고 있는 바닥 돌은 선생이 손수 돌을 주워 와 깔았다고 들었다. 돌을 나르느라 힘겨웠을 선생을 생각하면, 발걸음이 가볍지만은 않다. 선생이 즐겨 앉던 바위가 보인다. 나를 보고 어서 오라고 손짓하는 듯하다. 곁에 누워있던 고양이도 덩달아 일어나 나에게 달려오는 듯 환영이 어릿거린다.

선생은 말년에 후배들이 창작에만 몰두할 수 있도록 배려하셨다. 창작공간을 내주고, 손수 푸성귀를 키워 수확하여 밥상을 차렸단다. 또한 당신의 뜰 안에 든 숨탄것들을 외면하지 않으셨다. 당신의 병든 몸을 지키기도 어려운 지경에 남을 위하여 몸을 아끼지 않는 헌신의 삶. 그의 일화는 여러 번 들어도 물리지 않는 문학사에 길이 남을 일화다. 환히 웃고 계신 박경리 선생

의 사진 앞에서 한참을 서성이다 그리운 친정어머님의 얼굴을
떠올린다.

"퍼주고 베풀어라!"

아마도 이 말씀은 어려운 역경을 딛고 집념의 역정을 살아온
박경리 선생과 베풂의 삶을 실천하신 어머니의 삶을 요약한 문
구라 해도 과언이 아니다. 고통이 없는 인생은 없다. 그러나 그
고통을 어떻게 감내하느냐에 따라 달라지리라. 남편과 아들을
잃고 아픈 속내를 숨기고 문학적으로 승화한 선생의 삶이나,
어린 아들 둘을 잃은 각고의 인내와 베풂의 삶을 펼치다 떠나가
신 어머니의 삶이 어딘가 모르게 닮은 구석이 있다. 그래선지
박경리 옛집을 찾을 때마다 친정어머니의 삶의 모습과 겹쳐진
다.

동네에서 우리 집은 딸 부잣집 아니면 부녀회장 집으로 불렸
다. 그 호칭은 나에겐 듣기 좋은 소리는 아니었다. 열 식구 거두
기도 벅차실 텐데, 어머니는 수십 년 동안 동네일을 맡아 봉사
하셨다. 한 달에 한 번 홀로 된 노인들의 이발을 손수 해드리고,
동네에서 거둔 폐휴지나 고물을 팔아 어려운 이웃에게 쌀과 국

수를 나누었다. 그것도 모자라 생계가 어려운 이웃을 위하여 동사무소를 찾아가 쌀 배급이 나오도록 발품을 파셨다. 내가 본 어머님은 남에게 늘 무언가를 베푸느라 바쁘셨던 것 같다. 어떤 때는 자식은 뒷전이고 이웃을 더 신경 쓰는 것처럼 느껴졌다.

우리 집은 늘 품앗이를 하러 온 동네 아주머니들로 붐볐다. 아예 자기 집인 양, 세끼를 해결하고 돌아가는 어른도 있었고, 어린 동생들도 하루를 멀다 하고 소란을 피우는 통에 조용한 날이 없었다. 사춘기를 맞은 딸로선 사람들이 들끓는 집이 좋지 않았다. 오죽하면 산사에 비구니처럼 조용히 지내고 싶은 것이 소원이라고 말했으랴.

박경리 선생이 남긴 문학과 삶을, "퍼주고 베풀어라!" 라는 말씀을 가슴에 새긴다. 잊지 않고 삶의 지표로 삼으리라. 당신이 내 곁을 떠나고야 당신의 삶을 이해하게 된다. 우리는 보이지 않는 연줄로 맺어져 서로를 보듬고 기대며 살아간다. 생명을 근원으로 알고 그것을 몸소 실천한 두 분이다. 당신의 숭고한 삶에 고개가 숙어지는 명절 밑이다. 귀뚜라미 우는 소리에 그리

움은 깊어지고, 한가위 보름달이 두둥실 떠올라 세상을 환하게
비추는 가을밤이다.

- 충청타임즈, 추석특집 2014년 9월 4일

눈물

눈물이 창밖 빗물처럼 흐른다. 주책없는 눈물에 남자는 당황
스럽다. 누선에 이상이 있거나, 아님 뇌신경 세포들이 충돌을
일으킨 것일까. 지금 이 자리는 묵직한 얼굴로 잘잘못을 조목조
목 짚어야 하는 자리가 아닌가. 그런데 할 말을 잃고 훌쩍거리
는 모습이라니 기가 막히다. 울음을 그치지 못하는 자신도 밉지
만, 눈물범벅이 된 모습을 보인 것이 부끄럽다.

눈물로 소기의 목적을 이룬 셈인가. 한참을 숨죽이고 바라보
던 그가 미안하다고 말한다. 조금 전 서슬이 시퍼렇던 목소리가
한풀 꺾인 음성이다. 남성은 여성의 눈물에 약하다고 하던데,
그 말이 어느 정도 맞는 것도 같다. 어쨌거나 눈물 덕분에 서럽
고 기막힌 순간을 모면한 꼴이다.

눈물은 나의 성정을 알고 미리 방어책을 편 것일까. 동안에

나와 그의 행동을 세세히 살펴본 것이 분명하다. 상대의 언행이 사나워 말싸움을 할 필요가 없다고 판단한 것이다. 할 말이 없으니 어떻게든 꼬투리를 잡아 자신의 결점을 덮고자 애쓰는 사람에게 무슨 말이 필요하랴. 눈물의 기관인 누선은 이런 상황을 파악하고 행동으로 보여준 것이다.

그래도 인체의 하고많은 기관 중 행동대장이 왜 하필 눈물인가. 말 주변머리가 없으니 말로도 당하지 못할 테고, 폭언과 폭력을 행사했다간 본전도 못 찾을 게 뻔하다. 요즘 폭력을 내세웠다가는 바로 나 홀로 감방에 들기에 십상이다. 어찌 보면, 감방보단 눈물을 선택한 것이 합당하다. 얼굴에 흐른 투명한 액체는 손으로 쓱 닦으면 흔적 없이 사라지고 마니까. '울며 겨자 먹기' 식으로 누선의 위로에 감사를 보낸다.

톺아보니 눈물은 자유주의자다. 투명한 액체가 인간의 이성을 자유자재로 뒤흔든다. 그렇지 않다면, 인생에서 가장 기쁠 때 환호의 탄성이 아닌 눈물이 먼저 앞을 가리겠는가. 또한, 부모상에 애절한 슬픔은 물론이고, 심지어 심적 육체적 고통까지도 감내한다. 눈물이 앞장설 땐 그만한 이유가 있으리라. 그 의

미를 따지지 않고 하찮게 여긴 것이 삶의 오점일 것이다. 그래, 눈물의 가치를 깨닫지 못하고 부끄러움만 내세우며 단순히 치부해 버린 탓이다.

인간의 삶과 눈물은 떼려야 뗄 수 없는 관계이다. 나도 모르는 사이 늘 조금씩 눈물이 나와 먼지나 이물질을 없애준다. 무엇보다 각막에 영양을 공급해준단다. 바람이 몹시 불거나 날씨가 추울 때 누가 시키지 않아도 눈을 보호하고자 눈언저리에 눈물을 고이게 한다. 또한, 남을 이해하는 따뜻한 마음과 남의 어려운 처지를 그냥 보아 넘기지 못하고 그들과 함께 눈물을 기꺼이 나눈다. 그리 보면, 눈물은 둘도 없는 의리파에다 감성주의자이다.

눈물의 효과인가. 멍울이 맺힌 것처럼 답답하던 가슴이 후련하다. 나는 평소에 눈물이 적어 안과에서 처방한 인공눈물을 항시 지니고 다닌다. 인공눈물에선 이런 감정을 느껴본 적이 없다. 눈에 인공눈물을 조절하여 넣지 못하여 흐르는 액체를 닦고자 휴지나 수건이 필요한 건 마찬가지이다. 이번 일로 난 진짜든 가짜든 매양 눈물을 흘리고 다니는 여자임을 깨닫는다.

눈물이 약인가 보다. 남자에게 그간의 노고를 퍼부을 기회를 놓친 건 못내 아쉽다. 그러나 감정을 추스르고 보니 차라리 말하지 않은 것이 다행스럽다. 앞으로 그를 보지 않을 것도 아니고 더구나 쏟아낸 말을 주워 담을 수도 없잖은가. 지금껏 머리론 알면서 나의 모자란 행동을 모르고 세월을 보낸 내 탓이다. 눈물은 말로 다할 수 없는 무언의 깨달음을 가슴에 남기고 감정을 토닥여 준 것이다.

지금 내 가슴은 뻥 뚫린 듯 허하다. 인간에 대한 미움과 고통이 사라져서인가. 말로 형용할 수 없는 이 기분, 카타르시스인가. 때론 눈물을 흘려도 좋으리라. 눈물은 삶의 희로애락 속에 머물고, 자신에 삶의 모습을 정직하게 보여준다. 내가 흘린 눈물을 주책없다고 함부로 말할 일 아니다. 고통스럽고 뿔난 감정에 눈물이 한몫을 한 사건이 아닌가. 무엇보다 그 남자 눈에 비친 내 모습이 눈물 많은 여자로 남는 것도 그리 나쁘진 않다.

- <재미수필문학> 2017년 2월호
충청타임즈, 생의 한가운데 2017년 1월 25일

바람

집 안 구석구석을 훑고 달아난 밤손님이 계시다. 그의 흔적이 여기저기에 적나라하다. 마늘과 양파 껍질이 여기저기 흩어져 너저분하고, 건조대에 널어놓은 빨래 또한 저만큼 날아가 바닥에 널브러져 있다. 빨래가 저 정도로 자리 이동을 할 정도면, 그의 위력이 여간 아닌 것 같다. 고함 또한 거세었으리라. 그런데 자칭 예민하다고 여긴 나의 꿈결은 어떠한가. 어이없게 꿀잠을 잤으니 그저 상상에 맡긴다.

밤손님의 정체는 바람이다. 그를 관장하는 신은 '도둑'으로 몰아 불쾌할 수도 있으리. 그러나 요즘 내가 느낀 그에 관한 평균 감성지수는 마이너스다. 겉으로는 부드러운 듯하나, 이면에는 꼭 갈등을 부려놓고 달아난다. 우리 집만 해도 그렇다. 낮에 나의 살갗을 스친 바람은 자신의 전부를 내줄 듯 부드러웠다. 그러나 밤의 얼굴은 어떠한가. 집안을 난장판 만들어놓고 달아나지 않았던가. 그가 어떤 변명을 해도 바뀌지 않는 진실이다.

어디 그뿐이랴. 주말 드라마에서 나를 단번에 사로잡은 영상이 있다. 촬영 담당이 곁에 있으면 입에 침이 마를 정도로 칭찬하고 싶은 장면이다. 신록이 반짝이는 오월의 어느 날인가 보다. 눈이 부신 햇살이 부챗살처럼 퍼지는 아침나절, 갓 피어난 플라타너스 잎들이 제 살을 부딪는 장면을 화면 가득 보여준다. 몇 초 안 되는 짧은 순간에 시청자를 매료시킨다.

드라마에서 틈새에 놓인 하나의 풍경은 무엇을 암시하는가. 햇살, 나뭇잎, 바람 겉으로 보기엔 늘 보던 자연의 일면이다. 평론가처럼 따져 묻고 분석할 생각은 없다. 바람 때문에 어떤 장면 뒤에는 인물의 갈등의 골도 깊어지리라. 앞으로 일어날 일을 우회적으로 보여주고 있다. 풍경을 집요하게 들여다보니 나뭇잎을 흔드는 바람이 없다면, 자기들끼리 살을 부딪칠 이유도 없다. 드라마 속 평화로운 주인공 관계도 바람(제3의 인물)이 끼어들어 갈등을 일으킨다.

눈에 보이지도 손에 잡히지도 않는 바람은 어떤 위인인가.

바람은 나뭇가지를 흔들어 잎들이 도리질할 때 산란하는 햇빛으로 신록의 아름다움을 한껏 뽐내게 하는 조력자인가. 아니면 눈속임과 갈등을 조장하는 훼살꾼인가. 나뭇잎은 제 살끼리 부딪쳐 생채기 나거나 철 이른 낙엽 신세가 되어 바닥에 나뒹굴기도 한다. 나무가 바람 탓을 한 적은 없으나, 바람이 중간에 끼어들어 나무를 힘들게 한 대상이다.

그리 보면 바람은 조력자이자 훼살꾼이다. 병도 주고 약도 주는 격이다. 신이 바람을 보내지 않았다면 이 세상은 어떤 모습으로 있을까. 인간도, 나무도 심심하다 못해 무료했을지도 모른다. 나뭇잎의 흔들림을 아무 생각 없이 바라보니 그저 자연의 현상 일부분이다. 드라마가 아무런 갈등 없이 밋밋하게 행복한 결말로 끝이 난다면 무슨 재미가 있으랴. 세상사도 이와 다르지 않다는 걸 깨닫게 하는 듯싶다.

보이지 않는 걸 가르쳐준 당사자가 바람이다. 눈에 보이지 않지만, 나뭇가지를 흔들고, 강물에 물결을 일으키고, 갈대의 머리털을 헝클어뜨린 바람은 내가 평생에 걸쳐 배운 것을 단숨에 깨닫게 한다. 보이지 않는 것이 세상을 다스리고 있다는 진리를. 바람이 아니어도 우주 만물은 본능처럼 살아남고자 갈등은 계속되리라는 것을.

세상도 요지경 속 바람 또한 요지경 속이다. 복잡한 세상을 가수 밥 딜런은 "바람만이 알고 있지"라고 노래했고, "너의 모든 것은/ 바람이 쥐고 있다"고 이생진 시인은 바람을 겁나게 읊었다. 우리는 바람 속에서 살고 있다고 해도 과언이 아니다. 바람을 벗어나서 살 수 없단다. 이정하 시인은 오죽하면 〈바람 속을 걷는 법〉을 알려주겠는가. "바람이 불지 않으면 세상살이가 아니다/ 그래, 산다는 것은 바람이 잠자기를 기다리는 것이 아니라/ 그 부는 바람에 몸을 맡기는 것이다."

바닥에 너저분한 껍질과 먼지닭쨰기를 비로 쓸어낸다. 마늘과 양파도 바람에 몸을 맡긴 탓일까. 양파를 상자에 넣고자 만지니 겉이 뽀송뽀송하다. 순간 나의 우둔함을 깨우친다. 그의 잔해를 비로 말끔히 쓸어냈다고 생각한 것이다. 그러나 바람은 이미 양파 속 깊숙이 숨어들어 나 보란 듯 바라보고 있다. 허나 밤손님은 내 손안에 있다.

- 『수필미학』 2014년 겨울호

책벌레

12월은 가만히 앉아 있어도 마음이 먼저 바쁜 달이다. 직장에서든 각종 모임에서든 한 해의 결과물을 내놓느라 분주하다. 쉴 틈 없는 바람에 낙엽이 뒹굴듯 휩쓸리다 육신은 녹초가 되어 물먹은 솜처럼 드러눕기 일쑤다. 지금 내 머릿속은 새해의 예산을 짜느라 숫자로 가득하다. 자신의 한 해 결산은 정작 꿈도 꾸지 못한 채 시간은 흘러간다.

한마디로 몸과 정신이 따로 노는 *끄트머리* 달이다. 돌이켜보면 매년 같은 행위를 반복하고 있는 것 같다. 정녕코 12월은 할 일이 많아 책상에 앉아 책을 볼 마음의 여유가 없다. 그러니 마음에 품은 책벌레가 어디 가능키나 하겠는가. 나에게 정한 글을 주지 않는 것도 당연한 결과다. 오죽하면 13월이 있으면 좋겠다고 푸념을 늘어놓겠는가.

책상 위에 나날이 책들이 쌓여간다. 집으로 배달된 계간지와 문인들이 보내 준 서적이다. 책들이 켜켜이 쌓인 만큼 내 마음의 무게도 중량감을 더한다. 책을 읽고 답장하는 것이 상대방에 대한 최소한의 예의일 것이다. 시선과 마음은 굴뚝같으나 진드근히 자리에 앉아 책을 정독하지 못하고 있다. 얼마 전 오랜 친구를 만나 나의 심정을 말하니 우선 마음을 비우란다.

스스로 마음의 짐을 짊어지지 말라는 소리다. 지인은 "여유가 있을 때 차고앉아 읽으면 되지 무얼 걱정을 사서 하느냐."는 것이다. 그녀의 말도 맞는 성싶다. 하지만 머리로는 알면서 마음에선 짐을 내려놓지 못한다. 돌아보니 깔끔한 성격 탓도 있다. 매사에 앞에 놓인 것들을 정갈히 정리 정돈하기를 좋아한다. 또한 일의 순위랄 것도 없지만, 먹고 사는 일이 먼저니 작가란 업은 뒷전이 되고 마는 격이다.

친구의 말대로 언제쯤이면 '마음 비우기'를 잘할 수 있으려나. 온갖 상념에 들다 결국, 스스로 결론을 내린다. 쌓인 책들을 바라보며 아니 책을 펼치기 전에 본원을 되짚는다. 문학가라면 먼저 무엇을 떠올려야 하는가. 문학에 관한 한 내가 알고 있는 알량한 지식을 불러내 되새겨 보는 시간을 갖는다. 중국 근대문학의 개척자인 루쉰은, "인간의 정신에 영향을 주는 곳은 문학밖에 없다."라고, 또 "수필이란 사색을 통해 발견된 삶의 진실이다. 진실을 삶을 일깨우는 수필이야말로 존재에 대한 통찰과 자성의 문학이다."라고 하였다.

현재 문학을 떠난 나를 상상하기 어렵다. 나의 정신적 고향은 문학이다. 그런데 나의 현실은 정신이 없는 형해形骸, 바로 그것이다. 육신은 있으나 정신이 떠돌고 있는 격이다. 공중부양 하는 정신과 바닥이 난 밑천을 채우려면, 애써 책벌레 흉내라도 내야만 한다. 문득 정민 교수가 허리도 못 펴고 일에 열중하던 중국 교수에게 써 주었던 글이 떠오른다.

萬事分有定 세상일 분수가 정해 있건만
浮生空自忙 뜬 인생이 공연히 혼자 바쁘다

이 글을 읽은 동료 교수가 웃으며 휴식을 취했다고 한다. 나 또한 모든 일을 제쳐놓고 서재에 틀어박혀 책벌레 흉내를 내본다. 그리하면 존경하는 간서치看書癡 이덕무 모습의 반의반은 닮아가려나. 글 행간에서 만난 글귀에 마음의 종소리도 울리고, 메마른 마음 밭에도 푸른 새싹이 돋아나려나.

- 충청타임즈. 생의 한가운데 2015년 12월 22일

방, 길들이기

오늘도 역시 엉덩이가 들썩거린다. 한자리에 지그시 앉아 있
지 못한다. 벌써 한 달째이니 야속할 정도다. 나도 모르는 사이
에 창밖을 보고 있거나 아니면 정리가 덜 된 곳을 찾아든다.
지저분한 것을 보아 넘기지 못하는 성격 탓도 있다. 아니다. 지
금껏 가져보지 않은 나만의 새로운 공간, 그것이 낯선 탓이다.
무엇보다 그 공간에서 좋은 작품을 낳고 싶은 강박감도 한몫했
으리라.

네모난 서재에 나를 가둔다. 모든 것과 단절하고 골방에 들어
박히듯 방문을 굳게 닫는다. 우선 나를 유혹하고자 나선 황홀한
야경을 블라인드로 덮어버린다. 이제 나의 눈에 보이는 건 모니
터 화면과 책뿐이다. 손을 가슴께 모으고 생각을 가다듬는다.
글감을 찾고자 여러 책을 뒤적인다. 그러나 별수가 없다. 시간

만 죽이고 앉아 있다.

　나의 영혼이 빠져 버린 듯하다. 어쩌면 이렇게 아무 생각도 나지를 않는가. 걸어온 길을 되짚듯 이사 오기 전 나의 모습을 그려본다. 남편과 딸과 아들, 시어머니를 모시니 나만의 공간을 가질 수가 없는 형편이었다. 식구들이 수시로 드나드는 거실 양 벽면이 책장이고, 긴 탁자가 책상이다. 거실과 의자가 있는 식탁, 침실 구분 없이 모든 공간이 나의 서재였다.

　내가 책을 읽거나 글을 쓸 때 식구들은 알아서 자리를 피해 주는 것 같았다. 나 또한 가족이 곁에서 떠들어도 개의치 않는다. 무엇보다 나의 글을 가지고 대화의 장이 열린다. 가족은 내 글의 첫 독자이다. 남편과 딸은 글에 관한 한 전문가가 아니지만 내가 볼 때는 인정사정없는 평론가다. 어색한 문장을 예리하게 꼬집는다. 그 부분을 퇴고하여 더 나은 글로 거듭난다. 가족이란 이름을 떠나 독자에게 알게 모르게 도움 받아 일거양득인 셈이다.

　마음을 다잡지 못한 것도 당연하다. 십수 년 걸친 나의 행위를 강제로 바꾸려고 했던 것이다. 나를 새로운 공간에 길들이기, 아니 방이 나를 길들이기인가. 자유로이 비상하는 새의 날개를 붙잡아 방안에 앉힌다는 것이 어디 쉬운 일이랴. 틀 안에 나를 가두는 일이 쉽지 않은 일이라는 걸 알게 된다.

별을 바라보는 사람에게만 빛을 준다고 했던가. 얼마 전 인터넷에서 내로라하는 국내외 작가들의 서재를 소개하는 기사를 보게 된다. 소설 ≪개미≫의 작가, 베르나르 베르베르의 서재는 집안 어디에나 있단다. 집안의 모든 공간이 자신의 서재이고, 자신의 서재는 단지 하나의 공간을 의미하지 않는다. 세기의 작가인 베르베르 서재의 환경이 나와 비슷한 상황이라는 것에 놀랍다. 나를 구획된 공간에 애써 가두려고 했던 발상이 오산이라는 걸 깨닫는다.

돌아보니 나의 서재도 둥지였다. 내 마음의 상태가 그린 환경이나 사물과 어울릴 준비가 되어 있어야 자연스럽다. 아무리 좋은 공간이라도 마음속에 걱정이 가득하다면 즐거울 수가 있겠는가. 눈앞에 서재가 들어올 리가 만무하다. 사람마다 살아가는 방식도 즐기는 방식도 다르다. 조정래 작가는 서재가 영혼의 보물창고이자, 내 삶을 구속하는 영혼의 감옥이란다. 그는 나와는 다르게 골방에 들어야 글이 써진단다.

노후에는 한적한 산방에서 지내고도 싶다. 번잡한 도시를 떠나 자연과 친밀히 벗하고 싶다. 그곳에서 은자처럼 살아도 좋으리라. 많은 지식인이 일속산방을 회자한다. '일속산방'은 '좁쌀만 한 집'이란 뜻이다. 집안일을 잘 못하고 시와 옛 글만을 좋아한 지식인, 말년의 황상1788~1863이 살았던 집이다. 그의 집은 세상에서 제일 작은 '좁쌀'만 했지만, 그의 서재에는 온 세상이 들어 있었단다. 가보지 않은 세계에 대한 동경이다.

지금은 예전처럼 나를 자유로이 놓아두련다. 열린 공간은 모두 나의 서재다. 방 크기가 크든 작든, 책을 읽는 공간이 어디든 개의치 않는다. 어차피 내가 지은 글도 만인을 위한 글이니 함께 나누는 삶이어야 한다. 새로운 공간은 선인처럼 문화를 논하는 산실의 장으로 열어두고 싶다. 내 방식대로 '방', '너를' 길들이기에 돌입한다.

- 『수필과 비평』 2015년 7월호
『수필과 비평』 2015년 8월호 '다시 읽는 문제작 선정'
한국수필문학진흥연구회, <평설로 읽는 대표수필 40인>

제 5 부

바람[望]
결

차 한 잔의 여유

내가 바라는 건 아주 소박한 일이다. 아침 식사를 하고 난 후 차
한잔하기를 원한다. 투명한 햇살을 맞으며 테라스에 앉아 즐기는
커피 한 잔도 좋고, 책 향이 가득한 골방 원탁에 둘러앉아도 좋다.
그대의 머리가 헝클어져 있어도, 눈곱을 떼지 않아도 관계없다.
말없이 차만 마셔도 마음은 푸근해지리라. 내가 바라는 것은 찻잔을
앞에 두고 그대와 마주 앉아 눈동자를 바라보고 숨결을 느끼는 일.
한 주간의 삶을 두서없이 두런대다 보면 가슴은 저절로 따뜻해지리라.
큰돈 없어도 누릴 수 있는 소통의 공간은 많다. 소소한 행복을
유지하는 비결은 따로 없다. 바로 차 한 잔의 여유이다.

눈먼 자들의 도시

오른쪽으로 돌아가려는 찰나였다. 시선보다 높은 허공에 무언가 심하게 흔들거린다. 정수리에 내리쏘는 햇빛 때문에 물체가 흐릿하다. 검은 물체를 향하여 가까이 다가서니, 그물망에 걸려 말라죽은 참새다. 순간 망을 빠져나오려고 바동거리는 새가 연상된다. 새가 움직일수록 그물망에 친친 감겨 옴짝달싹 못한 것이다. 시간은 흐르고 새의 몸에는 햇빛과 달빛도 스미고 바람도 쟁여지며 서서히 숨을 놓았으리라. 참새의 무덤은 땅이 아닌 허공에 있다.

풍장이 된 새의 공간적 배경은 들녘이다. 눈이 부실 정도로 누렇고 이삭들이 흐드러지게 익어간다. 풍요롭게만 느껴지던 황금색이 처연하게 다가오는 이유는 무엇일까. 새는 저들이 보란 듯 그물망에 매달려 비바람을 맞았을 테고, 자신의 몸뚱이는

다른 포식자의 먹이로 내놓았으리라. 몸뚱이는 구멍이 숭숭 뚫려 바람이 드나들고 빈껍데기만 남아 바람에 건들거리는 새를, 저들은 감정 없이 바라보았을까. 자신의 알곡을 가로채려는 새들을 저지하려고 그물망을 설치한 농군. 그물망에 걸려 죽은 새를 바라보며 이삭이 온전하다고 안심하였을까.

말라죽은 새의 모습을 발견하고 놀란 가슴은 쉬이 진정되지 않는다. 그래서 황금빛 들녘이 추수를 마친 빈 논처럼 쓸쓸하고 처연하게 느껴졌던가 보다. 추수를 기다리는 벼 포기들은 약은 짓거리하는 새들에게 어떤 마음이었을까. 나의 시선엔 누렇게 익은 벼 이삭은 새의 명복을 비는 듯 고개를 푹 숙이고 있는 것처럼 보였다.

예전 농촌과는 환경이 많이 다르다. 그립고 불편한 것들은 지금의 세상과는 호흡이 어려운가 보다. 들판은 참새를 쫓고자 세운 허수아비를 찾아볼 수가 없고, 들판을 울리며 새를 쫓던 농부의 목소리와 논둑 사방에 길게 매단 깡통 소리도 사라진 지 오래다. 생태계의 어그러짐으로 참새의 수가 감소된 마당에 드넓은 허공을 사수하듯 그물망까지 쳐야 했는지 묻고만 싶다.

그물망은 나 아닌 다른 이에게 이삭 한 톨도 나눠주고 싶은 마음이 없다는 표현이 아닌가. 잔풀조차 인정 않는 인색한 인간의 마음을 들킨 듯 씁쓸하다.

지금 농촌은 사라마구의 소설처럼 ≪눈먼 자들의 도시≫로 변해가고 있다. 한 도시의 사람들이 바이러스 전염으로 실명이 되고, 단 한 명만 실명이 아니다. 실명인 다수와 그 한 사람을 놓고 누가 정상이라고 믿겠는가. 그물망에 갇혀 말라죽은 새가 소설과 같은 맥락의 이야기라는 건 아니다. 그러나 무기력한 사회와 이기적인 개인과 집단의 욕심이 누군가에게는 상처로, 인재로 번지는 것을 우리는 두 눈으로 확인하였다. 눈에 보이지 않는 것들, 특히 돈으로 살 수 없는 소중한 것들을 잃어가고(사랑, 인정, 그리움 등) 있다는 생각을 지울 수 없어 안타깝기 그지없다.

우리의 먹을거리를 한번 돌아본다. 생산자는 많은 소출과 곳간을 채우고자 인간의 몸에 해로운 농약을 마구 뿌리는 짓을 서슴없이 저지른다. 옆집 논도 농약을 뿌려 소출이 많은데, 나 또한 경쟁 심리에 그냥 바라보고만 있을 수 없다는 논리다. 급

기야 논밭에 농약을 뿌리지 않아 벌레와 피가 무성히 자란 논을 손가락질해댄다. 극약 처방한 논밭에서 생산된 농산물은 우리의 몸으로 돌아온다는 걸 인지하지 못하고. 그렇게 하나는 알고 둘은 모르는 이기주의자들이 들끓는 눈먼 자들의 사회로 변해가는 걸 아닐까 싶다.

눈먼 자들이 어디 농촌에만 있으랴. 자신의 욕구를 채우고자 어린 학생에게 상처를 입힌 파렴치한. 두 손 놓고 바다만 망연히 바라보다 수많은 인재를 앗아간 세월호 참사다. 어떻게 자식 같은 학생들을 나 몰라라 하고 자신의 안위만 챙길 수 있던가. 어미를 죽이고 자식을 잡아먹는 끔찍한 일들은 그리스 신화 속에만 나올법한 이야기. 그 일이 내 앞에 벌어지고 있어 비극이 아닐 수 없다.

이 모두가 온정이 사라진 탓이다. 계단을 힘겹게 오르는 할머니를 보면 달려가 부축해드리고, 물속에서 허우적대는 이를 보면 물속으로 뛰어들어 사람을 먼저 구하는 것이 인지상정이다. 그런데 인간의 생명과 관계된 안전은 뒷전이고, 위급한 상황에 업무성과와 밥그릇 싸움으로 집단이기주의자들이 득세하는 세상이라니 차마 눈을 뜨고 볼 수가 없다.

어린 영혼의 소리가 들리지 않는가. 교실 안 책상은 빈자리뿐이다. 떠나간 영혼이 외롭지 않도록, 진심으로 위로하고 용서를 빌어야 한다. 마음이 갈가리 찢어지고 넋을 놓고 있을 아이들의 부모님을 가슴으로 위로해야만 한다. 나는 잘못이 없는 척, 나만 모르는 척, 눈먼 자의 행색으로 거드름을 피우고 있지는 않는가. 선인은 생명이 있는 모든 것들에 측은지심惻隱之心을 행동으로 보여주었다. 종족번식을 위한 절규하듯 지저귀는 새들이나 어려움에 처한 사람을 외면하지 않았고, 불쌍히 여기는 마음이 있었다. 과연 우리는 가슴엔 무엇을 담고 돌아치는지 돌아볼 일이다.

새의 풍장은 눈먼 자들의 표상이다. 나의 시선은 새를 그물망에서 내려 마음에 묻는다. 새는 이제 비바람에 건들거리지 않고 안식에 들리라. 내가 뉴스에서 듣고 싶은 건 마음을 울리는 훈훈한 이야기이다. 보릿고개에 이웃끼리 콩 한 쪽도 나눠 먹었다는 전설 같은 이야기를 듣고 싶다. 정情은 물과 같은 것이란다. 물이 거꾸로 흐르는 일이 없듯, 부디 이 땅의 숨탄것들은 강물처럼 흐르기를 두 손 모아 기도드린다.

고개 들어 서녘 하늘을 바라보니 붉은 노을이다. 저 노을 속으로 새의 주검이 불새가 되어 훨훨 날아가는 듯한 착시다. 그 모습에 순간 툭 떨어지는 눈물을 지인에게 들킬세라 노을 속에 얼굴을 파묻는다.

- 계간 <창작산맥> 2014년 겨울호

* 제목: 사라마구의 '눈먼 자들의 도시' 차용

마법에 걸린 문화

B급 문화가 판을 치는 세상이다. 어르신은 요즘 세상이 뜨겁게 미쳐가고 있다고 말한다. 텔레비전에선 반라의 젊은 것들이 성적 유혹을 드러내는 춤을 춰대 낯 뜨거워 볼 수가 없다고 혀를 끌끌 찬다. 공공장소에서도 젊은이들의 난해한 옷차림이나 얄궂은 행동거지에 눈살이 마구 찌푸려진단다. 곁에서 듣고 있던 나는 말을 아끼다 곤궁한 대답으로 "세대 차… ."라고 얼버무린다.

세대차이, 이 또한 오래된 말이다. 어른들이 세태를 우려하는 노파심은 1세기 전에도 있었고, 거슬러 내려가 2세기 전에도 있었으리라. 예전과 다르게 내가 머무는 21세기는 1인 시대이자 개성 폭발시대로 치닫고 있다. 소비 흐름도 '우리'가 아닌 '나'를 위한 소비, 독신에 맞춰야 살아남을 수 있단다. 미혼의

20~30대가 25%를 차지하고, 거기에 돌아온 싱글(이혼 남녀)과 홀로 사는 노인까지 보태면 아마도 독신 가구가 인구의 절반을 차지하고 남으리라. 혼자 사는 사람이 많아 기호도 각양각색일 것이다.

"세상 사람의 모습이 천 개라면, 최선의 방식도 천 개가 있다네. 왜 세상이 제시한 하나의 알량한 기준에 맞춰 자신의 생을 버려두는 것인가?"-니체

세대가 변하고 세태가 변했다. 그리 보면, 니체는 예언자인가. 과거에 그가 남긴 말이 유효하다. 혼자 사는 집에 걸맞은 집기 비품이 각양각색이고, 홀로 있는 그들의 문화 욕구를 채워줄 놀이도 다양하다. 혼자 있지만 혼자 있기를 싫어하는 사람들. 외로움에 지친 사람들은 각종 매체를 통하여 공감하는 사람들과 결집한다. 그 바람에 우스꽝스러운 음악과 유치한 영화, 사회 비주류 잉여들을 대변하는 웹툰, 가식과 위선의 기성세대에 저항하는 팝캐스트. B급 문화의 전염속도가 엄청난 속도로 미치고 있다. 어른들이 말하는 해괴망측한 노래와 춤으로 대중

의 호응을 얻어 보기 좋게 세계 음악계를 강타한 자칭 B급 가수, 싸이가 말한다.

"난 태생이 B급이다. 속된 말로 '쌈마이(삼류)'다. 그런 음악을 만들었을 때 소스라치게 좋다."

자신이 '삼류'란다. 그의 말대로 내가 사는 21세기는 '값비싼, 고급인, 고상한, 세련된, 절제된, 우아한, 쓸모 있는' 1%의 이야기가 아니다. '싸고, 가볍고, 천박하고, 조잡하고, 음란한, 저속하고, 아무짝에도 쓸모없는 싼티, 날티, 촌티 나는' 99%의 이야기에 대중은 온몸을 따라 흔들고 목젖이 보이도록 폭소를 터트린다. 이런 식으로 힘겨운 일상을 부숴 버리는 건 아닐까 싶은 생각도 든다.

찰리 채플린은 "웃음은 강정제이며 안정제이고 진통제다."라고 했다. '세로토닌'은 가짜 웃음에도 생기는 행복 호르몬이라 했던가. 억지로 웃음을 권하는 사회이다. 어쨌든 사회 전체를 '싼티' 나게 몰고 가는 건 약간 고루한 나의 인식으로는 이해가 되지 않는 부분이 있다. 고루함에서 벗어나려면, 많은 시간과 체험이 필요할 것 같다.

SNS 세대는 심각한 합병증에 걸려 있다. 자신의 일상을 SNS에 스스럼없이 폭로한다. 자신의 일거수일투족을 시시각각 사진을 찍어 올려 지인과 공유하며 호흡한다. 셀카를 하지 못하면 금단증상을 겪는 것처럼 때와 장소를 가리지 않는다. 어떤 음식을 먹건, 무엇을 하건 하물며 세수한 모습도 찍어 올리는 사람들. 마치 사진을 올리지 않으면 죽을 것같이 목마른 사람들의 행태를 지켜보는 것 같다.

소통도 좋지만 건전한 '셀카' 문화가 필요하다. 어떤 규제나 법이 없으니 타인에게 끼치는 부작용은 날로 늘어난다. 어찌 보면 중독 증상에 가깝다. 일상을 여과 없이 공개하는 셀카 문화, 각자가 확대 재생산하고 자율적으로 전염시킨다. B급 문화에 전염된 사람들은 치료 의지가 없고, 치료 방법은 더더욱 없다. '싼티, 날티, 촌티'는 의도된 전염병이란다. 과연 대중이 이런 모습들이 전염병이라 인식한다면 어떤 반응을 보일까 궁금하다.

누군가 대중에게 B급 문화 지독한 마법을 걸었나 보다. 시쳇말로 미친 21세기는 어쩌면 장사꾼의 상술에 놀아나고 있는지도 모른다. 패션 쪽도 저렴한 맛에 여러 벌 사 입고 쉽게 버리는 패스트패션이 유행이다. 이를 선도하는 기업들이 옷을 만들고 남은 자투리 원단을 다량으로 쓰레기로 버리고, 소비자 또한 철 지난 옷들을 미련 없이 쓰레기통에 던져버린다. 이런 모습에 환경운동가들은 환경오염을 유발하는 행태라고 지적하며 나선다. 대중은 값싸고 새로운 것을 마다치 않는다. 새로움이 자신을 즐겁게 하는데 누가 마다하랴만, 그렇다고 이런 소비행태 문화가 지속하리라는 건 장담하지 못한다.

언제나 그랬듯이 옛 문화는 스러지고 새로운 문화가 진을 치리라. '셀카' 시대가 지려면, 지금의 마법보다 강력한 마법을 걸어야 할 것이다. 나도 셀카 문화에 발을 담그고 적응 중이다. 자연이란 주제로 사진을 올려 멀리 있는 벗과 이야기를 나눈다. 벗이 곁에 있는 것처럼 느껴져 기분이 참 좋다. 나 또한 황홀한 마법에 걸렸나 보다. 이제 마법을 다룰 자는 나 자신이자 앞으로 펼쳐질 세계도 바로 내 몫이다. 어떤 모습으로든 문화는 내 삶에 살아 숨쉰다.

- 한국실험수필작가회, 〈한국실험수필〉 2집

영웅의 변신

참으로 낯설다. 철갑을 두른 둔탁함에서 벗어나 속이 드러나게 실선으로 연출한 로봇의 모습이다. 정원 벽면에는 색소폰과 바이올린, 플룻을 지닌 연주자와 지휘자가 자리한다. 많은 인파에서 벗어나 꼭대기 층 정원을 찾길 잘한 일이다. 관현악 연주가 되고자 어떤 구성이 필요한지는 중요하지 않다. 이 생소한 광경을 어디에서 또 보고 들으랴. 로봇 태권브이의 감미로운 연주가 강남 S백화점에 울려 퍼지는 듯하다.

영웅, 태권브이의 변신이다. 기존 로봇의 역할을 180도 바꾼 작가는 발상의 선구자가 분명하다. 태권브이는 1976년생, 강동구 고덕동에 로봇의 비밀기지가 있다. 4층 건물 높이의 거구 신장을 가진 그의 역할은 외계인 침입을 막고, 지구를 지키는 정의의 사도이다. 백전백승의 이력을 지닌 태권브이가 연주자

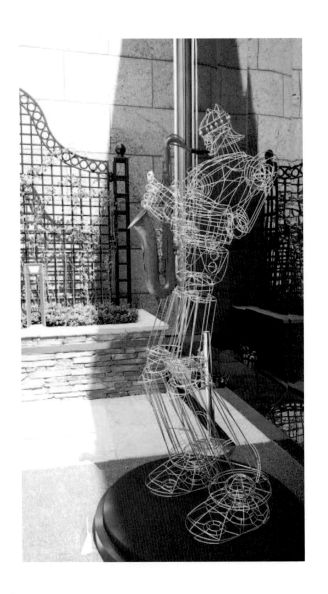

라니 믿기지 않는다. 그 이색적 결합이 새롭다.

　악기를 든 로봇의 형상을 상세히 뜯어본다. 선홍빛 색소폰을 부는 자태의 선을 따라가면, 태권브이가 얼마나 악기 연주에 집중하는지 느껴지리라. 푸른색 바이올린을 왼팔에 얹고 다른 한 손에는 활을 쥔 모습은 또 어떠한가. 눈을 감고 음률을 타는 듯, 마치 자신의 차례를 기다리는 듯한 로봇의 형상이다. 거구의 자태로 검은 플롯을 손가락으로 조율하며 입으로 불거나, 두 팔이 허공에 정지된 상태나 금방이라도 지휘봉을 위아래로 움직이는 착각이 들 정도의 자태다. 지휘자의 손짓을 따라 흐르는 교향악의 맑고 강렬한 하모니에 압도된다.

　영웅의 변신을 꾀한 작가에게 묻고 싶다. 올해로 태권브이 탄생 40주년을 맞아 격납고에 박힌 운명이 안타까워 부활을 꿈꾼 것인가. 아니면 세상이 하 수상하여 그런가. 사드 배치 건으로 국회에선 폭언과 난동이 일고, 미사일 발사와 핵 실험 등 북한 소식으로 세계가 불안한 상황이다. 혹여 북한의 도발이나 전쟁으로 이어질까 두려움에 떨고 있다. 이러한 시기에 태권브이의 연주는 더욱 신선함으로 다가온다.

평화를 위하여 비폭력으로 항쟁하다 스러져간 분들이 떠오른다. 생각을 달리하면 로봇 또한 폭력성을 내재한다. 어린 시절 로봇의 주제가를 부르며 자연스럽게 폭력성을 품게 된 것은 아닌가 싶다. 로봇 태권브이도 상대방을 대화가 아닌 전투로 제압하지 않았던가. 분단국가로 살아가며 알게 모르게 전쟁에 대한 불안과 위험에 많이 노출되어 있다. 아무리 방어를 위한 사드 배치라 하지만 태권브이와 무엇이 다르랴.

선과 음을 표방한 태권브이 전시는 평화의 상징물이다. 악기를 든 태권브이는 예술로써 평화로 지켜가자는 암묵적 표현이 아닐까싶다. 분단국가인 우리로선 참으로 요원한 일이다. 태권브이의 연주로 얼어붙은 사람들의 마음을 봄눈처럼 녹이리라. 그리하여 생각이란 걸 할 수 있도록 여유의 마당을 펼친다. 더불어 사랑과 미움은 한 줄기라는 마음의 묘리妙理를 깨우치게 하리라. 영웅의 변신은 세계가 평화로 거듭나기를 바라는 기원이다.

－충청타임즈, '생의 한가운데' 2016년 9월 27일

뇌

뇌 분야는 나에게 신비로움 그 자체이다. 지명이 적힌 지도처럼 뇌도 확연히 그려지면 좋을 터인데, 어느 곳을 여행하다가 무심히 찾아든 공간처럼 생소하게 다가올 뿐이다. 대기실이나 역전 다방 같은 데서 지도를 꺼내보듯 뇌의 지도를 가끔 들춰보았더라면, 적어도 이런 모습으로 변하지는 않았을까.

그가 자리에 앉자마자 입이 심심하단다. 요즘 들어 시도 때도 없이 먹을 것을 탐한다. 식욕이 생기는 대로 음식을 먹으면 머지않아 허리둘레가 사십 인치를 넘으리라. 그는 지금 고개를 약간 숙인 채 먹는 일에만 집중하고 있다. 대화도 잊은 채 무표정하게 밥을 먹는 일, 이것이 바로 뇌의 노화 현상인가. 아님 뇌를 마음대로 부려 먹은 대가인가.

일선에서 카리스마가 넘치던 그였다. 말년에 그가 치매에 걸

릴 거라고 생각지도 못한 일이다. 그런데 안타깝게도 뇌가 많이 위축된 상태란다. 워낙 총명한 분이라 병증이 드러나지 않았다고 한다. 초기에는 인간관계에 문제가 없는 듯싶었다. 시간이 흐를수록 단기기억은 어렵고 한정된 과거만 수없이 반복하고 있다.

자수성가한 그였기에 누구보다 삶이 치열했을지도 모른다. 늘 신경을 곤두세우고 고속 질주한 생애. 평소 행동이 급하고 화를 참지 못하는 성품이, 아니 그 무엇이 이렇듯 그의 정신을 바꿔놓은 것일까. 동안 쉴 틈 없었던 뇌가 편안히 쉬고 싶었던 것일까. 그는 조금 전 행한 일도 기억을 못한다. 어떤 고민도 없는 듯싶다. 시간의 주름은 정신세계를 그의 모습을 어이없게 변화시켜놓았다. 그런 그를 두고 주위에선 혼자만 행복한 사람이라고 말한다.

이 모두가 뇌가 시킨 일이라고 한다. 참으로 어처구니없는 일이다. 우리는 평소에 뇌가 하는 일을 별도로 챙기지 않는다. 우리 몸에서 중추 신경계를 차지하고 온몸의 신경을 지배하는 뇌가 소중하다는 걸 잘 알고 있다. 그러나 뇌를 보살피고 어디를 어떻게 챙겨야 하는지를 모른다. 컴퓨터 하드웨어가 중요하다는 걸 알고 있으면서, 소중한 뇌는 구석에 버려둔 꼴이다. 그저 몸에 일부로 자신의 욕구를 무의식적으로 지시 내릴 뿐이다.

평소에 느끼는 감정을 뇌는 기억하고 있단다. 무의식에서 일어나는 행동이 어떻고 정신세계가 어떻다니 깊은 지식은 모른다. 그러나 어떤 감정이든 일상에서 습관처럼 행하다 보면, 그 감정이 주인인 양 뇌를 장악한다고 하니 얼마나 무서운 일인가. 인간이 느끼는 감정인 희로애락 중 기쁨과 즐거움은 그나마 보기에 괜찮다. 그러나 매일 같이 성내고 슬퍼한다면, 본인은 물론 곁에서 지켜보는 이도 괴로운 일이다.

영화 ≪다크나이트≫에서 조커 역할을 맡은 배우 히스 레저가 떠오른다. 희대의 악역을 연기하고자 자기 자신을 철저히 조커로 변신한다. 그의 남다른 열연으로 영화는 대성공을 거둔다. 그러나 현실로 돌아온 그는 결국, 가면의 늪에서 빠져나오지 못하고 수면장애와 정신착란에 시달리다 죽음을 맞이한다. 감정이 습관이 된 대표 예화이다. 과연 긍정적 감정의 소유자는 긍정의 꽃을 피우고, 부정적 감정의 소유자는 악의 꽃을 피운 것인가.

본연의 감정을 숨기고 사회에서 요구하는 대로 연기하는 현대인들이다. 경제가 어려워지니 자리를 지키고자, 밥벌이를 위하여 가면을 쓴 채 살아갈 수밖에 없는 상황이다. 미국 의사 디펙초프다는 "감정은 모든 인간의 몸속 세포에 영향을 끼친다."라고 말한다. 자신의 진정한 모습이 아닌 가면을 쓰고 그 일을 반복하다 보면, 나도 모르는 사이에 히스 레저처럼 자아 상실은 물론 정신과 육체가 파괴되어 간다니. 가면을 쓴 대가가 혹독하지 않은가. 삶에서 어떤 일이든 진정한 마음으로 진실로 원하는 삶을 살아가야 함을 다시금 깨우치는 순간이다.

내 주위에는 안타깝게도 뇌에 관련한 병으로 치료받는 이가 여럿이다. 의사는 치매를 두고 병증을 간단히 뇌가 위축되었다고만 말한다. 정상적인 뇌보다 뇌가 작다는 표현이기도 하다. 전두엽 기능 중 감정과 인지, 기억을 못 하니 어찌 어른 노릇을 제대로 할 수 있으랴. 어린애가 되어가는 당사자도 문제지만, 보호자들이 힘들어하는 걸 보니 안타까울 따름이다. 인간에게 생로병사는 절차이나 종국엔 기본적인 생리 욕구를 담당하는 뇌 기능만 남는다니 참으로 서글픈 일이 아닐 수 없다.

은하계에 별 숫자만큼이나 많은 뇌신경세포. 약 1,000억 개의 신경세포(뉴런)가 미로처럼 얽혀 있단다. 그리하여 뇌를 '작은 우주'로 불린다. "인류는 몇 광년 떨어진 곳에 있는 은하는 찾아내며, 어찌 두 귀 사이에 있는 3파운드(약 1.4kg)짜리 물질의 미스터리를 풀지 못한다."는 말인가. 베르나르 베르베르의 소설 ≪뇌≫는 뇌의 비밀이 풀리지 않았기에 소설을 장황하게 그릴 수 있었던 것이다. 소설은 소설일 뿐이다. 지구 밖 행성의 비밀을 풀었듯, 어서 뇌의 비밀도 풀어야 하지 않을까.

무릎에 난 상처는 반창고를 붙이면 낫는다. 그러나 21세기 의학으로도 치료할 수 없는 부문이 감정이다. 큰 우주만 탐구할 게 아니라, 내 안에 감성 우주도 세심히 신경을 써야만 한다. 건강을 유지하고자 지속적인 운동이 필요하듯 감정도 학습이 필요하다. 몸속 세포들이 자연을 벗 삼아 걷기를 좋아하니 오늘도 짬을 내 산길을 걷는다. 순간 철 이른 낙엽 한 장이 내 곁을 스쳐 떨어진다. 우주심을 발휘하여 잎을 떠나보낸 나뭇가지의 마음을 읽는다.

- 계간 <에세이스트> 2014년 7,8월호

명품이 따로 있나

찻집 문을 나서자 때 아닌 겨울비가 내린다. 빗속을 선뜻 나서기가 망설여진다. 곁에 서 있던 젊은 일행이 '큰일 났다'고 호들갑이다. 큰일의 주범은 그녀의 값비싼 샤넬 가방. 몇 번 들어보지도 않은 명품 가방에 비를 맞히게 된 것이다. 그녀는 고민 끝에 코트 단추를 풀어 가방을 안고 빗속을 힘차게 달려가는 거였다. 지금 이 순간만큼은 가장 소중한 건 '빽~'이라고 그녀는 온몸으로 말하는 듯했다.

가슴에 각진 가방을 품고 빗속을 가르는 일. 순간 배불뚝이가 되어 어깨를 웅크리고 뛰어가는 여성을 상상해보라. 정녕 웃지 못할 장면이다. 여성이면 한 번쯤 경험한 일이 있으리라. 값비싼 가방을 지닌 날부터 적어도 몇 달은 신줏단지처럼 모시고 다닌다. 그러다 시간이 흘러 신상 출현으로 뒷전으로 밀리든가,

아니면 가방도 시간의 더께와 얼룩으로 점차 뒷방 신세가 되고 말리라. 어떤 대상도 영원히 사랑을 받을 수 없다는 걸 명품은 알랴. 아니 인간의 욕망은 변화무쌍하다는 걸 무생물인 가방도 알게 되고 구석방에 자리를 펴리라.

그날 대화 주제가 우연히 명품에 관한 이야기로 흘렀다. 모임의 연령층이 대부분 20대부터 40대 후반이라 명품에 관심을 둘 나이다. 대부분 명품의 대상은 고가의 화장품이나 가방 쪽에 기울었고, 무리해서라도 값비싼 가방 하나쯤은 갖고 싶다고 말한다. 그래서 그녀가 명품 가방에 민감한 반응을 보였는지도 모른다. 명품의 기준에 대하여 열띤 토론은 이어지고, 십여 명 중 반갑게도 나와 비슷한 생각을 한 동료가 있었다.

어디 "명품이 따로 있느냐?"라는 것이다. 꼭 큰돈으로 살 수 있는 것만이 명품이 아니라는 남다른 생각이다. 자신이 소중히 여기는 대상이나 손때 묻어 길이 나거나 정이 깊이 든 물건도 될 수 있다. 선조 때부터 내려온 유산 등 단 하나뿐인 유품은 경제적 잣대로 잰다는 건 무리일 거다. 이러구러 말끝에 나의 명품은 '기억'이라고 말하여 주위 시선을 끈다.

내가 지닌 명품은 돈으로 살 수 없다. 하지만 그것을 소유하고 있다고도 할 수 없다. 실체가 없으니 누구도 빼앗아 갈 수 없고, 같은 이미지의 물건이라도 구매할 수가 없다. 누구처럼 가방이 비에 젖을까 걱정할 필요도 없고, 식당에서 고가의 신발을 잃어버릴까 봐 별도의 비닐봉지를 청하는 번거로움도 없다. 어떤 것과도 비교하거나 바꿀 수 없는 세상에 단 하나밖에 없는 명품. 누군가 나에게 그것을 보여 달라고 하면 말이나 글로써 답해야만 한다.

나의 명품은 유년시절 기억의 한 이미지이다. 까마득한 세월을 거슬러 올라가 다섯 살 꼬맹이 시절이다. 간밤에 내린 함박눈이 아이의 무릎까지 닿는다. 아이는 외할머니의 뒤꽁무니를 좇아 언덕배기까지 눈 속을 힘겹게 따라간다. 할머니는 연신 뒤를 돌아보며 '어여 집에 가라고' 손짓하신다. 멀어지는 할머니의 뒷모습을 바라보며 더는 따라갈 수가 없다고 느끼자 아이는 그 자리에서 참았던 울음을 터트린다.

내 기억 속 명품은 바로 이 장면이다. 천지가 하얀 눈 속에서 무릎까지 오는 빨간색 스웨터를 입고 설움에 겨워 울고 서 있는 아이의 모습이다. 그날 외할머니를 왜 따라가고 싶어 했는지,

왜 그토록 서럽게 울었는지 그 사연은 떠오르지 않는다. 눈 속에 고혹적으로 빛나던 환상적 내 모습. 지금도 눈이 내리는 날이면 눈앞에 그 장면이 선연히 떠올라 눈 속을 헤맨다. 유년의 기억이 여럿이지만 어떤 기억도 '눈 속 빨간색 스웨터 입은 꼬맹이 이미지'를 뛰어넘을 수가 없다.

단 하나밖에 없는 기억 속 명품이다. 이미지의 정점인 빨간색 스웨터는 어머니의 숨결이 담긴 작품이다. 당신에게 안긴 첫아이니 얼마나 귀여웠으랴. 하물며 동네 어른들이 나를 보며 하시는 말씀이 '못생긴 너를 안고 물고 빨고 다녔어.'라고 놀리셨다. 그러니 사 입히는 옷가지가 당신의 성에 찰 리가 있었겠는가. 내 기억에도 어머니는 늘 손을 놀리지 않았고 털실로 무언가를 짜고 계셨다. 손수 대바늘로 장미 505호 굵은 털실로 빨간색 스웨터를 짜고, 남은 실로 장갑과 목도리도 짜주셨다.

그 시절에는 왜 미처 몰랐을까. 예전에도 지금의 마음이라면 아마도 빨간색 스웨터를 내내 지니고 있었을 것이다. 어머니가 보고 싶거나 냄새가 그리울 때 펼쳐보았으리라. 당신이 짠 옷이 구닥다리라고 기성복을 사달라고 했던 내 입을 때리고 싶다.

스웨터를 짜고자 잠을 줄여 한 올 두 올 코를 늘리던 당신의 정성과 사랑을 어찌 따라가겠는가. 정작 난 정성이 모자라선지 내 아이들에게 장갑이나 목도리는 짜주었는데, 스웨터 뜨기는 엄두를 못 냈다.

어디 명품이 따로 있나. 그 기준은 없는 듯싶다. 자신의 생애에 의미가 담긴 그것이 바로 명품이라 여긴다. 나의 기억에 눈 속에서 오롯이 빛나던 내 모습, 그 무엇과도 바꿀 수 없는 그리운 기억이자 추억이다. 손에 잡히진 않지만, 빨간색 스웨터는 어머니의 숨결이 고스란히 담긴 기억 속 유일한 유품이다. 기억에 지닌 명품이 잊히지 않도록 가슴에 새겨 놓으리라.

오늘도 그날처럼 함박눈이 펑펑 내려 천지가 새하얗다. 저기 눈 속에 빨간색 스웨터를 입은 다섯 살 내가 환하게 웃고 서 있다.

- 『수필과 비평』 2015년 2월호, 테마수필

지금 한반도를 흔들고 있는 건, 女子

나는 여자女子다. 손 타자기에서 컴퓨터로 넘어가는 기술 혁신의 시대와 IMF를 겪은 세대이다. 여성은 나이를 더할수록 중성 남자에 가까워지는 경향이 있단다. 또한, 자리와 역할이 사람의 성향을 바꾸기도 한다. 학창시절엔 소심한 성향에 가까웠으나 사회생활하며 외향성으로 바뀐 것 같다. 가정에선 들꽃과 책을 좋아하는 감성으로, 직장에선 목표를 이루고자 완벽주의 성향으로 흐른다. 특히 작가 활동하며 자신도 느끼지 못한 내 성향을 가족들이 말한다. 직장인의 모습과 주부의 모습이 다르단다.

고로 나의 이중성을 말한다. 썩 듣기 좋은 말은 아니다. 내 안에 나도 모르는 존재가 꿈틀거린다. 인생사 어찌 속을 다 보이고 살랴만, 삶에 쉽게 얻어지는 것은 없다는 게 내 철학이다. 지금껏 노력하지 않고 얻은 불로소득은 없다. 지금 난 '하늘의 별 따기'처럼 어렵다는 여성 임원으로 재직 중이다. 지난날 '여자'라는 이유로 눈물을 흘린 게 한두 번이랴. 내 경험으론 한국 여성은 남성보다 몇 배 이상 노력을 해야만 누군가에게 인정을 받을 수 있다.

신문을 읽다가 '억척같은 여자'란 활자에 시선이 꽂힌다. 훤칠한 신장에 이목구비가 뚜렷한 여성들이다. 한 손에 가방을 들고 등허리를 꼿꼿이 펴고 걸어가는 모습이 열의에 차 있다. 주먹을 가볍게 쥐고 걷는 북한여성은 남성의 행군 못지않다. 평양 거리를 지나가는 여성들의 모습을 담은 사진 한 장에 그들의 다부진 성향이 고스란히 드러난다. '사람 연구'에 관심이 많은 박영자 연구원은 지금 북한을 흔들고 있는 건, 여자女子란다. "남한 여성이 관계 맺기와 처세술에 뛰어나다면, 북한 여성은 경제적 위기 극복 능력이 더 탁월한 것 같다."고 말한다. 무엇보다 탈북민의 70% 이상이 여성이고, '더 나은 미래'를 위하여 체제 변화의 활발한 주체가 남성이 아닌 여성이라니 놀라울 뿐이다. 문득 관상어가 떠오른다.

'코이'라는 물고기의 삶은 아주 특이하다. 같은 물고기지만

어항에서 기르면 피라미만 하게 자라고, 강물에 놓아두면 대어

大魚로 자라는 신기한 물고기이다. 주변 환경에 따라 생각의 크

기도 달라지고 엄청난 결과의 차이를 만든다. 코이가 인간의 세

상을 반영한다. 장마당에서 팔을 걷어붙인 북한 여성들이 자기

주장이 강하고 생활력이 억척같이 변한 건 아마도 환경 탓이리

라. 하지만 가정에선 또 그렇게 순종적일 수가 없단다. 마치 예

전 우리네 어머니를 보는 것 같아 그리움의 물결이 출렁거린다.

　요즘 남한은 두 여성 덕분에 요즘 뉴스매체가 조용할 날이

없다. 헌정 사상 첫 여성 대통령이 나왔으나 아쉽게도 임기도

채우지 못하고 탄핵당한 상황이다. 여하튼 전통을 위시하는 한

국에서 여성이 대통령에 당선된 것은 어마어마한 개혁이라 생

각된다. 과거 남존여비니 여성차별이니 이런 말들을 무색하게

한다. 직장이든 군대든 능력과 열정을 갖추고 있으면, 기업의

CEO도 될 수 있고 직장의 별도 달 수 있는 21세기이다.

　지금 한반도를 흔드는 건 여자이다. 북한 여성은 목숨을 부지

하고자 죽음을 각오하고 탈북을 감행하고 있다. 제도와 환경

차이로 여성의 삶이 다르니 안타까울 뿐이다. 여자女子여, 지금

이 순간도 동족이 목숨을 걸고 휴전선을 넘고 있다. 그 상황을 떠올리면, 거울을 한 번 더 보는 것보다 중요한 일이 무엇인지 알리라. 시대를 바로 알고 사고하는 정신이 필요하다.

- 충청타임즈, '생의 한가운데' 2017년 6월 27일

아무것도 미루지 마라

하루에도 몇 번씩 짐을 싼다. 하루 이틀 묵을 짐이 아니다. 적어도 한곳에서 사나흘 있을 요량이다. 여행 가방 안에 무엇을 넣고 뺄 것인가 매번 짐을 꾸릴 때마다 느끼는 고민이다. 어디 몸만 달랑 떠날 순 없을까. 머리로는 스님처럼 바랑 하나 걸치고 가볍게 떠난다. 그러나 소소한 물건 하나 없이 떠난다는 건 역시 불안하다.

평소 들고 다니는 가방에서 나의 성격이 여실히 드러난다. 내 가방은 꽤 무거운 편이다. 큰 가방을 좋아하니 가방 무게 또한 만만치 않다. 그 안에는 메모지와 펜, 소소한 화장품이 든 파우치와 손수건, 핸드폰 휴대용 건전지 등속을 모두 나열할 수가 없을 정도다. 겉으론 필요해 보이는 소지품인데 정작 하루에 한 번도 꺼내지 않을 때가 많다. 어깨에 통증이 일어도 미련

스럽게 끌어안고 다닌다.

　나도 모르는 사이 물신주의에 물든 탓일까. 물건의 집착에서
못 벗어나 어깨가 아파도 내려놓지 못하는 병이다. 이런 성격에
집기 비품을 버리고, 하물며 정든 집을 팔고 여행을 떠난다는
생각을 어찌 할 수 있으랴. 어림도 없는 소리다. 여전히 수백
일 여행은 꿈같은 이야기이다.

　최근 나의 가슴을 뒤흔든 부부가 있다. ≪즐겁지 않으면 인생
이 아니다≫의 저자인 린 마틴 부부가 여러 나라를 머물며 생생
히 기록한 여행기다. 70대 노부부가 깊이 정든 집을 팔고 세계
여행을 떠난 이야기다. 지금도 방랑 생활 중이다. 2015년에는
아시아에 머물 계획이고, 그중 가장 가고 싶은 나라가 한국이란
다. 나는 그들의 행보를 눈으로 가슴으로 따라가며 감동한다.
그들보다 젊디젊은 내가 이루지 못한 꿈의 세계 일주를 노부부
가 이뤄내고 있다. 손자를 돌볼 나이에 언어와 음식, 문화가 낯
선 나라를 몸소 겪고 느낀 여행기에 감탄이 절로 흐른다.

　인생의 후반기에 접어든 부부는 미뤄도 좋은 건 아무것도 없
단다. 대부분 나이가 들면 전원생활을 원하든가, 자신이 태어난

곳으로 돌아가 소일거리를 하며 안주하려는 경향이 많다. 그런데 고령의 나이에 세계 여행 결정을 내린 그들의 용기와 결단이 대단하다. 부부에겐 웬만한 젊은이들 못지않은 추진력과 패기와 무엇보다 지치지 않는 남다른 열정이 돋보인다. 제일 먼저 가족의 반대에 부딪혀 그들의 뜻을 이해시키고, 집을 팔고 손때 묻은 살림살이를 지인에게 나눠준다. 친구와 가족의 위로를 포기하는 과정이 쉽지 않았을 것이다. 그 과정을 함께 느끼니 이들의 여행은 나에겐 오를 수 없는 산처럼 높아만 보인다.

집 없이 여행하며 사는 홈 프리 라이프(Home Free Life). 여행이 아무리 좋다고 해도 가족을 떠나 일정한 거처 없이 떠돌며 생활하기가 어디 쉬우랴. 물건에 대한 집착이나 소유욕이 많은 이는 엄두도 못 내리라. 특히 우리 정서는 집을 구매하고자 해외여행은 고사하고 평생 몸을 바쳐 일을 하지 않던가. 그런 집을 어찌 버릴 수 있겠는가. 그들과 문화적 차이를 상당히 느끼는 부분이다.

여행자는 대부분 돌아갈 집이 기다린다. 어디서든 집 걱정을 하게 된다. 무소유를 강조한 법정 스님도 집 안에 두고 온 난 화분이 말라죽을까 걱정하며 괴로워하는 글이 있잖은가. 여행자 노부부에겐 발길 머무는 곳이 바로 집이다. 여느 관광객과는 거리가 멀다. 일단 여행 가방을 내려놓기로 선택한 모든 곳에서 잠시 현지인이 되었기 때문이다. 그들 앞에는 전혀 짐작할 수 없는 온갖 모험이 기다린다. 그들이 머문 지역은 당분간 그들에게 호기심 천국이 된다.

여행기를 읽은 많은 독자가 마틴 부부에게 공감한단다. 새로운 모험이 선사한 삶의 기쁨이 인생을 더욱 풍요롭게 하리라. 단조로운 일상에서 벗어나 어떤 구속 없이 자유로이 여행하는 그들이 부럽다. 책장을 덮으며 여러 생각이 들락거린다. 현재 난 직장에 얽매여 어찌할 수 없는 형편이나 노후의 삶을 바라보는 새로운 발상과 희망을 엿본다. 머지않은 날에 그들처럼 완벽한 떠남은 아니어도 비슷한 짧은 여행을 계획한다. 이루지 못한 꿈을 위로하며 재정비하는 시간이다.

마틴 부부는 즐겁지 않으면 인생이 아니란다. 나에겐 역설이다. 삶이 어찌 즐거운 일만 있으랴. 젊은 시절 노는 것조차 두려운 나였다. 한 목표를 향하여 질주한 시간이 있었기에 이 자리도 있었을 터다. 만족스럽지 않은 내 모습도 그려지지만, 후회스러운 삶이라고 말할 순 없다. 내가 이룬 것에 순간순간 만족하고 행복해하던 시절도 있었으니까. 그들이 계획한 인생이 내 삶이 될 수 없고, 가지 않은 길이 더욱 그리운 법이다. 지금 창밖에는 계절이 건너가는 소리로 수런거린다.

갑장 지인은 뒤늦게 얻은 어린 자녀 덕분에 몸을 마음대로 움직이지 못한다. 그녀는 웃어도 웃는 게 아니라며 자신이 좋아하는 계절이 빨리 건너갔으면 좋겠단다. 자녀가 성장한 나 또한 다르지 않다. 늙어도 좋으니 어서 세월이 흘러 모든 구속에서 벗어나고 싶다고 허망한 소리를 덧붙인다.

아직도 "아무것도 미루지 마라!"는 마틴의 말이 귓전을 맴돈다. 원하는 삶을 살아가기에 인생은 짧다. 가방을 열고 또 그렇게 고민에 빠진다. 정녕 자연인으로 돌아가는데 절차가 필요한가. 미니멀 라이프(Minimal Life), 긴 여행을 원한다. 가방에서 소지품 하나를 꺼내고자 망설이다 도로 집어넣는다. 하루아침에 바뀔 내가 아니다. 내가 감당할 무게인 양 차곡차곡 꾸린다. 다시 원점인가.

-월간 〈한국수필〉, 사색의 뜰 2016년 2월호